Yilin Classics

И. А. КРЫЛОВ

经/典/译/林

Басни Крылова

克雷洛夫寓言

[俄罗斯] 克雷洛夫 著

石国雄 译

译林出版社

图书在版编目（CIP）数据

克雷洛夫寓言 /（俄罗斯）克雷洛夫著；石国雄译
. —南京：译林出版社，2023.8（2024.2重印）
（经典译林）
ISBN 978-7-5447-9655-2

Ⅰ.①克… Ⅱ.①克… ②石… Ⅲ.①寓言－作品集
－俄罗斯－近代 Ⅳ.①I512.74

中国国家版本馆 CIP 数据核字（2023）第 069313 号

克雷洛夫寓言 ［俄罗斯］克雷洛夫 / 著 石国雄 / 译

责任编辑 刘自然
装帧设计 孙逸桐
校　　对 王　敏
责任印制 单　莉

出版发行 译林出版社
地　　址 南京市湖南路 1 号 A 楼
邮　　箱 yilin@yilin.com
网　　址 www.yilin.com
市场热线 025-86633278
排　　版 南京展望文化发展有限公司
印　　刷 南京新世纪联盟印务有限公司
开　　本 890 毫米 ×1240 毫米 1/32
印　　张 6.125
插　　页 4
版　　次 2023 年 8 月第 1 版
印　　次 2024 年 2 月第 2 次印刷
书　　号 ISBN 978-7-5447-9655-2
定　　价 32.00 元

前　言

克雷洛夫是俄罗斯作家，全名是伊万·安德列耶维奇·克雷洛夫(1769—1844)。他出生于贫穷的步兵上尉家庭。童年的克雷洛夫除了读书，经常到集市上去。在那里他跟一个意大利人学会了意大利文，跟一个卖艺人学会了拉小提琴，还跟一个画家学习了绘画。后来，父亲的上司偶然了解到他的聪明好学，便让他与自己的孩子一起接受家庭教师的教育。九岁时父亲去世，只留下一箱书籍。为维持生计，小克雷洛夫去市参议会当了一名小公务员，过早尝到了世间生活的艰辛。

1782年，克雷洛夫迁居圣彼得堡。当时那里正上演冯维辛的讽刺喜剧《纨绔子弟》，克雷洛夫看后很受启发，便开始写剧本，写出了第一部喜剧《用咖啡渣占卜的女人》。1786年后，他先后创作了《弗洛米拉》《疯狂的家庭》《前室中的作家》《爱恶作剧的人们》《摩登铺子》《训女》等多部戏剧，除最后两部，其余都未上演。

1789—1793年，克雷洛夫写过三篇寓言，没有署名发表在《晨光》杂志上，并没有什么反应。他把主要精力用在办杂志上，先后办了《精灵邮报》《观察家》《圣彼得堡水星》，但是因为激进的政治倾向，未能办下去。后来他就漫游俄罗斯，其间曾给陆军元帅戈利岑当家庭秘书。

1804年，克雷洛夫见到寓言作家德米特里耶夫，给他看了自己翻译的拉封丹的三篇寓言(《橡树和芦苇》《挑剔的待嫁姑娘》《老人和三个年轻人》),德米特里耶夫大为赞赏并推荐发表。从1805年起,他走上了寓言创作道路。1806年,他受公共图书馆馆长的邀请去那里供职,业余时间就写作。1809年,他发表第一本寓言集,获得了巨大声誉。1811年,他被选为俄国科学院院士。克雷洛夫十分勤奋,一生写了二百零三篇寓言,五十岁时学会古希腊文,五十三岁开始学英文。在他生前,作品就被译成十多种文字,他成为与伊索、拉封丹齐名的寓言作家。

克雷洛夫在写作上非常认真,常在发表之前先把作品朗诵给朋友们听,听取他们的意见,经常不止一次地修改,重写五至七次之多。

克雷洛夫在专门创作寓言之前曾经是名剧作家,戏剧创作的一些特点在寓言中表现得也很明显,如结构紧凑,情节进展迅速。他的寓言篇幅都不长,有的只几行就成篇,但几行就刻画出形象的性格特征。对白是戏剧的基本要素,在寓言中也得到充分运用,有的寓言几乎通篇都是对话,而且对话又都符合形象的个性,如《橡树下的猪》《长尾猴与眼镜》等。对比也是戏剧中不可或缺的因素,克雷洛夫寓言中常常可以见到各种对照,如自由与不自由(《风筝》),贫与富(《承包商和鞋匠》),有权和无权(《狼和小羊》),劳动与游手好闲(《蜻蜓和蚂蚁》),等等。

克雷洛夫办讽刺杂志时,许多讽刺文章、小品都是他写的,幽默讽刺也就成为他寓言的另一特色。这种幽默讽刺常常表现在性格的刻画、情境的设置、事件的结果等方面,如《狗的友谊》采取先扬后抑的手法以达到强烈的讽刺;《狐狸和旱獭》用一句“我常看到,你的嘴上沾着鸡毛”幽默地点明了狐狸的本质;《撒谎者》则以牙还牙,以撒谎对付撒谎,揭穿撒谎者。

克雷洛夫寓言的语言朴实无华,把过去文学中不用的民间用语引入创作,还有不少口语、谚语、俗语,而因为克雷洛夫寓言表达概括得精当,寓言中不少语句也成了后来的谚语、俗语,限于篇幅,这里就不一一列举了。

克雷洛夫寓言里的形象贴切生动,用具有鲜明特点的动物形象来表现相应的身处各种社会地位的人物的复杂性格,因此其形象的内涵就格外深刻,如《乌鸦和狐狸》中的狐狸、《狼和小羊》中的狼等。

克雷洛夫的寓言反映了现实生活,刻画了各种形象,表达了先进思想,因此深受当时人们的喜爱,成为19世纪上半叶读者最爱阅读的作家作品之一。他每发表新的寓言都让当时文学界和社会瞩目,他的寓言对于培养俄罗斯人民的社会意识起着积极作用。克雷洛夫寓言在世界上也有广泛声誉,有的被收入教材,因此他的影响是深远的。

石国雄

CONTENTS · 目录

橡树和芦苇

一天，橡树与芦苇交谈起来。“真的，你有权埋怨造物主，”橡树说，“连麻雀你也撑不住，甚至吹起一层涟漪的微风，你都经受不住，真是弱不禁风。瞧你摇来晃去弯腰曲背，一副孤苦无依的样子，真可怜！我却像高加索山那样傲然挺立，不仅能阻挡那太阳的光线，而且还笑对那旋风和雷雨，坚如磐石，劲健挺立在风雨中，仿佛身处风平浪静的世界。对你来说全是狂风暴雨，对我而言却只是和风细雨。你只要生长在我的四周，我就能用我的浓荫覆盖住你，也能保护你免受风雨之苦，但造物主把你带到岸边，那里是肆虐的风神的领地，当然它对你一点也不关心。”

“你很有同情心，”芦苇答道，“但不用担忧，我的情况并没有这么糟，我并不担心旋风会摧残我，虽然我会被吹弯，但是不会折断，因此暴风雨对我损害不大，它们对你的威胁要更大些！确实，它们的狂暴至今还没有征服你的坚固和强壮，它们的袭击没有使你低头，但是——我们拭目以待吧！”

芦苇刚刚说完这一番话语，突然从北方袭来呼啸的狂风，倾盆大雨中夹着冰雹雪粒，橡树坚挺着，芦苇伏向地面。风怒吼着，风力越来越强，它一声咆哮——连根拔起了头顶天脚抵地的橡树。

乌鸦和狐狸

已经向世人翻来覆去说过无数次了，阿谀奉承是卑鄙的、有害的；只不过这话全是枉费口舌，献媚者总能在人心里找到一席之地。

乌鸦得到了一小块奶酪。它吃力地高飞上枞树，本来已经打算好好吃一顿早餐，却又叼着奶酪沉思起来。不幸的是，狐狸正从近旁跑过，奶酪的香味使它突然停步；狐狸看见了奶酪，奶酪迷住了狐狸。狡猾的狐狸蹑足走近了枞树，一边摇着尾巴，一边目不转睛地盯着乌鸦，轻声轻气、甜美动听地说：“亲爱的，你长得多漂亮！瞧这可爱的脖子，瞧这动人的眼睛！真的，就像童话里讲的一样！多美的羽毛，多巧的小喙！想必还有一副天使般的歌喉！唱吧，亲爱的，别不好意思！乌鸦妹妹，你这样美再加上还是唱歌高手，你可就是我们的鸟中之王了！”乌鸦被赞美得晕头转向，忘乎所以，高兴得喉咙直憋得慌——为了回报狐狸的奉承话，便放开破嗓门呱的一声。奶酪掉下去了——骗子就这样得到了它。

珠宝盒

我们常常遇到这种情况：费尽心机、花尽力气的事，其实只要猜一猜就能明白。

有人送来巧匠做的珠宝盒，精美雅致，引人注目，让所有人都赞叹不已。

这时来了一个机械师，他看了一眼珠宝盒，说："珠宝盒上有机关，所以它就没有锁。我马上来打开它，是的，我有把握，你们别暗中讥笑我！我一定能找到机关，给你们打开盒子，我好歹懂点机械。"他立即动起手来，将盒子转来转去，费尽心机，动足脑筋，一会儿按按钉子，一会儿压压把手。

看他这样子，有的人摇晃着头，有的人窃窃私语，有的人暗自嘲笑。

耳边只听见周围的人在嘟囔："不在这里，不是这样！"机械师心急火燎，汗流浃背，筋疲力尽，终于放弃了打开盒子的企图。他怎么也想不出该怎么打开珠宝盒。其实打开它很简单，只须翻开盖子就可以。

青蛙和犍牛

青蛙生性颇好忌妒，在草地上见到壮硕的犍牛，便要与它比一比身量。它直起身，腆出肚子，喘着粗气鼓胀起来。“瞧，”它对朋友说，“我与它差不多了吧？”

“不，朋友，你差得远呢！”

“看，现在我鼓得更大了，怎么样，变壮了吧？”

“和刚才几乎没什么两样。”

“现在呢？”

“还是老样子。”

青蛙鼓着气，鼓着气，终于鼓得过了头，胀破了肚皮送了命，最终未能比过犍牛。

这样的例子世上不止一个：小市民想像富豪一样生活。这岂不是天方夜谭！

小树林和火

选择朋友要辨别清楚。利己的人蒙以友谊的面具，那只会给你挖下陷阱。为了让人更加明白真理，请听听我的这个寓言。

冬天，小树林边微燃着火苗，显然这是过路人遗留在这里的。火苗越来越微弱，没有柴薪，它已奄奄一息。眼看濒临末日，火苗便对小树林说："亲爱的小树林，告诉我，你的命运怎么会这样严酷——在你身上看不到一片树叶，你整个光秃秃的，会被冻死的。"

"因为冬天全身被积雪覆盖，我既不能发绿也不能开花。"小树林不经意地回答火苗。

"没什么大不了！"火苗说，"只要与我做了朋友，我就会帮你。我是太阳的兄弟，冬天里我创造的奇迹不亚于兄长。你可以到温室去打听打听：冬天外面大雪飘飘、旋风啸啸，温室里却鲜花盛开、果实成熟，一切的一切都要感谢我。虽然不应该自我吹嘘，我也不喜欢吹牛皮，但我的能耐绝不比太阳逊色，不论它多么高傲地在此闪耀，日落后，雪仍然没融化，我周围的雪却化了。所以，如果你想在冬天发绿，就像在春天和夏天一个样，那就在你那里给我一席之地吧！”

事情就这么简单地谈妥了。火苗在小树林里变成火焰，火焰蹿上了树枝。一团团黑烟直冲云霄，烈焰一下子席卷了小树林，将它烧个精光……而在那里——炎夏时过路人避暑的绿荫处，只剩下一些烧焦了的树墩。这没有什么值得大惊小怪的，树木怎么能与火苗交朋友！

猴　子

理智的仿效并不奇怪，而且还能从中得到好处；但是不用头脑的仿效，那就糟糕了！为了说明这个道理，我举一个远方国家的例子。

见过猴子的人都知道，它们总是热衷于仿效。在非洲有许多猴子，其中有一群猴子坐在树枝上，它们透过浓密的树叶，偷偷地观望着猎人：他钻在网中，还不停歇地在地上翻过来滚过去。

每一只猴子都悄悄碰碰伙伴，窃窃私语："瞧那人可真不简单！他玩的花样无穷尽，一会儿翻跟斗，一会儿伸开四肢，一会儿蜷成一团，缩得都不见了手脚。我们不是样样都能，也没有见过这等技艺！喂，漂亮的姐妹们！模仿这一手倒不错，看来他已经玩尽兴了，他一走，我们立刻……"

他真的很快就走了，并把网留给了它们。

"怎么，"猴子们说，"还要浪费时间吗？我们快去试试吧！"美猴们都爬下了树。

树下面已经为这些贵客们铺开了许多网。它们就在网里翻滚，又裹又缠，又喊又叫，那股快活劲儿简直没法说！但是要从网中挣脱，可就麻烦缠身了。而与此同时，猎人守候着，看到时机已经成熟，便拿着袋子走过来。猴子们拼命想要逃跑，可是都无法挣脱，一个个被抓进了口袋。

山 雀

山雀飞降到大海边，夸口说要把大海烧干。这话立即传遍了世界，于是惊恐不安笼罩着涅普士诺斯（罗马神话中的海神）的子民。

一群群鸟儿飞走了，林中的野兽却跑来，想看看大海会怎样，烧起来是否会很热。

听说这一传闻以后，爱吃白食者带着汤匙，第一批来到海岸边，想尝尝丰盛的鱼汤，连最慷慨大方的承包商也未曾给官员喝过这么丰盛美味的汤。

大家聚集在海岸边，为这件奇事而惊诧，沉默着，盯着大海，等待着。只是偶尔有人低语："海水马上要沸腾了，海水马上要烧起来了！"

根本不是这么回事：海底压根没有燃烧，更别说是沸腾起来了。没有一丝沸腾！

夸下的海口怎么收场？山雀羞愧地飞走了。大海没有烧起来，山雀却给自己招来了坏名声。

这里可以补一句话，但不涉及任何人：事情还未做到，不该先吹嘘夸口。

长尾猴与眼镜

长尾猴年迈了，眼睛昏花。它从人们那里听说，这算不得多大的灾难，只要戴上眼镜就行。于是，它弄来了近半打眼镜，这样那样地摆弄它们，一会儿紧按在额头上，一会儿串起来挂在尾巴上，一会儿又用鼻子闻一闻，一会儿还用舌头舔一舔，可眼镜怎么也不管用。

“这真糟糕！”它说，“谁听人胡说八道，谁就是个笨蛋。关于眼镜的各种说法，全是对我撒的谎，戴它们一点用处都没有。”

不幸的是，人们也常常是这样：无论东西多么有用，他们都不明白其价值。无知者使好事变坏，如果无知者又比较显贵，那好事就会变成灾难。

雄鹰和母鸡

雄鹰想尽情欣赏阳光明媚的白天。它在高空自由地翱翔，在闪电诞生处转悠。最后它从云端降落，落在烘谷房顶上休息。虽然对雄鹰来说，这栖息地不太合适，但是鸟王有些任性：大概它想对烘谷房表示关注；也许，附近没有橡树，也没有花岗岩岩崖，它只能在这里落脚。我不知道它是怎么想的。雄鹰刚歇息一会儿，又飞上了另一座烘谷房的屋顶。

凤头母鸡看到这情景，就跟自己的鸽邻居说："真的，如果我愿意，我也能在烘谷房之间飞行。以后不会有这等傻瓜，认为雄鹰比我们尊贵。它们不比我们多长腿，也没有比我们多长眼。你刚才可已经看见了，它们飞得像母鸡一样低。"

雄鹰对这谬论十分厌恶，回答说："你说得对，又不完全对——雄鹰有时是飞得比鸡低，但鸡永远也飞不上云霄！"

当你评论有才能的人时，别徒劳去计较他们的缺点，而应该知道，什么是他们的长处和优点，理解他们的不同水平。

青蛙想要一个国王

由人民治理国家，青蛙感到不合适。不分上下、自由生活，它们觉得没有了体面。为了摆脱这种尴尬局面，它们请宙斯派个国王来。宙斯一向不听信各种胡言，这次却听了它们的话，给它们派去一个国王。

国王轰隆隆从天而降，重重地落到了地上。泥泞的国家一片骚乱，青蛙们吓得惊恐万分，一个个拼命四处奔跑：能怎么逃就怎么逃，能往哪儿跑就往哪儿跑。它们在洞里窃窃私语：派来的国王不同寻常。这国王也确实别具一格：不忙乱，不轻浮，老成持重，沉默寡言，傲慢庄重，身材魁伟，威风凛凛。嘿，这就是不同凡响！

国王只有一点不好：它是个十足的呆瓜。起先臣民尊崇它至高无上，谁也不敢走近，只是透过菖蒲、苔草恐惧地从远处偷偷地望着它。但是后来它们解除了恐惧，再后来怀着忠诚爬近去，先是俯伏在国王面前，胆大者就对着它侧身坐着，也有试图坐他旁边的，更勇敢者则背朝他坐着。多亏国王容忍了一切。等不多会儿，你就瞧吧，谁愿意谁就往它身上跳。跟这样的国王一同生活，仅仅三天就令人厌烦。

青蛙于是递交了新的呈文，让宙斯给它们沼泽国派一个真正的好国王，宙斯接受了热忱的祈求,派仙鹤去治理它们的国家。

这个国王可不是傻瓜,完全具有另一种禀性。它不喜欢娇惯臣民,它以罪人为食物,无论谁站在它的法庭上,都会沦为罪人。因此国王的一日三餐,全是受惩治的青蛙。黑暗的岁月降临到沼泽国居民的头上,青蛙的数量每天都在减少。国王从早到晚巡视这个国家,途中无论遇到谁,都马上就抓来审判,接着便立即吞吃它。叫苦声比过去更响,青蛙央求宙斯重新赏赐它们一个国王,因为现在这个国王吞吃它们如同吃苍蝇那么随便,它们甚至不敢露面,不能无忧无虑地蛙鸣。(这有多可怕!)总之,它们的国王比干旱更令人厌恶。

“为什么过去不好好生活?难道不是你们吵得我不得安宁?”宙斯说,“不是你们吵着要国王的吗?给了你们一个国王——说这个太温顺平和,你们在水里闹个不休;给你们另一个国王,又说这个太凶狠恶毒。还是跟它一起生活吧,免得再来个新国王,日子更不好过!”

狗的友谊

波尔康和巴尔波斯躺在厨房窗户下晒太阳。虽然在院前的门房守家，对它们来说更合适，但它们已经吃饱喝足，况且，训练有素的狗大白天对谁也不会吠叫，因此这两条狗就开始东拉西扯地议论起来：聊狗的职责，谈善与恶，最后说到了友谊。

“与朋友心心相通，一起生活，还有什么比这更开心的呢？互相帮助、彼此效劳，少了朋友不吃也不睡，为朋友的事挺身而出，彼此对视，只为寻找幸福时刻，设法使朋友满足开心，把自己的全部乐趣放到朋友的幸福中去！假使你我之间建立起这样一种友谊，我敢说，我们会感觉不到时光是怎么飞逝的。”

“这有什么不行？好事！”巴尔波斯回答它说，“波尔卡奴什卡，我本人早就感到十分痛心，我和你同住一个院子，却没有一天不打架。为了什么呢？感谢主人，我们既不饿，住得也不挤，而且，真的应该感到惭愧，自古以来狗就有友谊的楷模的好名声，如今几乎完全看不到狗之间的这种友谊了，就像人之间一样。”

“那我们就来做当今友谊的榜样！”波尔康高声喊了起来，“伸出爪来！”

"给！"新朋友又拥抱又接吻，高兴得无与伦比。"我的俄瑞斯忒斯[①]！"

"我的皮拉得斯[②]！"

让争吵、嫉妒、仇恨滚蛋！

不巧在这时，厨师从厨房里扔出一块骨头，这对新朋友立刻争先恐后冲了过去，和睦友好到哪儿去了？俄瑞斯忒斯与皮拉得斯撕咬起来，只见一撮撮狗毛往上飞扬，最终向它们泼水才把它们硬分开来。

世界上充满了这样的友谊，这样说现今的朋友并不为过。他们的友谊几乎如出一辙，听起来他们好像同心同德，但只要扔给他们一块骨头，他们就会跟你的狗一个样子了。

---

① 俄瑞斯忒斯：古希腊神话人物。父亲被人所杀。他长大后与姐姐为父亲报了仇，继承了王位。

② 皮拉得斯：古希腊神话人物。俄瑞斯忒斯的朋友，帮助他报杀父之仇。

木　桶

一个人向朋友请求，把木桶借给他用三天。为朋友效劳是高尚的！如果是借钱则另当别论：那就友谊靠边，可以拒绝。而一只桶干吗不借呢？

木桶归还后主人还用它装水，一切都好，只有一点不好：原来木桶被借去装过酒，两天中它一直浸着酒，现在用它来煮克瓦斯、啤酒，乃至食物，都会带上一股酒味。主人“整治”木桶近一年，又是蒸洗又是晾晒吹风，但不论给木桶灌什么，酒味始终去不掉。最后主人只得将它舍弃。

做父亲的，你们别忘记这则寓言。年轻时我们只要有一次接受了有害的教育，它在今后所有的言行中都会表现出来。

狼入狗舍

深夜里狼想爬进羊圈,不料却落入了狗舍。

整个狗院骚动起来:猎犬嗅到灰狼近在眼前,就在狗舍里狂吠起来,急着要冲过去与它厮打。

养狗人大声喊叫起来:"伙伴们,有贼!"一瞬间大门上了锁,一下子狗舍里一片混乱,人们跑来跑去,有的拿棒,有的拿枪。

"拿火来!"有人喊。有人拿着火把来了。

狼背靠墙缩在角落,牙齿磨得咯咯直响,身上的毛竖了起来,眼睛中流露出来的神情像要把大家都吃了。看到面前不是羊群,而是要跟它清算的人与狗时,这个狡猾的灰家伙,便转而进行谈判了。

它开腔说:"朋友们!干吗乱吵乱嚷的?我是你们的老朋友,我是来与你们和解的,根本不是要来吵架的。我们要忘记过去,共同建立起和睦!今后我不仅不会碰这儿的羊群,而且乐于为保护它们而拼杀。我现在立下狼的誓言,我……"

"听着,邻居,"猎人打断它说,"你是灰毛狼,我是白发猎人,我早就知道狼的禀性,所以我的习惯是:只有撕下狼的皮,才能与它讲和平。”

他马上放出猎犬向狼扑去。

小 溪

有个牧人在小溪边忧愁哀怨地诉说着自己的不幸和无可挽回的损失，因为他心爱的羊羔不久前淹死在河中。

听了牧人的话，小溪生气地说："贪婪无比的河！假如它的河底像我的一样清澈明净，一览无余，让大家看见它贪得无厌地吞食的所有牺牲品，它大概会羞愧得钻到地底下去了，再把自己隐藏在黑幽幽的深谷里。我觉得，假如什么时候命运也给我这么丰盈充沛、取之不竭的水量，我会美化大自然，连一只鸡也不会伤害。我会十分小心谨慎地流淌，经过每一座农舍和每一株灌木时，溪岸只会赞许和感谢我。我会使山谷和草地披上绿装，但我不会从那儿带走一片树叶。总之，一路上我会行善做好事，不给任何地方带去不幸和痛苦。我将如银子般纯洁地流到海里。"

小溪是这么说的，实际上也是这么想的。结果是什么呢？一星期还没过，附近山顶的上空乌云密布，随后降下滂沱大雨，溪水之丰沛突然可与大河相比，但是小溪的温顺跑到哪儿去了？两岸间流淌的小溪水流浑浊无比。它沸腾着，咆哮着，急急旋转着，泛起一团团肮脏的泡沫，冲倒了百年老橡树，远处听到的只是树木的折裂声。不久前它还以美丽动听的词句说明自己的志向，还为牧人责怪大河的贪得无厌，现在牧人和他的羊群被淹死了，他的小农舍也消失得无影无踪了。

许多小溪平日里温顺平稳地流淌着，潺潺水声令人陶醉，那只是因为小溪里的水很少。

狐狸和旱獭

“朋友，”旱獭问狐狸，“你头也不回往哪儿跑？”

“噢，我亲爱的朋友！我蒙受着不白之冤，他们说我受贿，要将我流放。你知道，我在鸡场当法官，工作中丧失了健康和安宁，为了工作没吃饱过一顿饭，没睡过一个安稳觉，可是人们却还要冲我愤愤不平，而这一切全是诬蔑和造谣。嘿，你自己倒想想：如果随便听信诬告，世界上谁还是好人？我怎会去收受那贿赂？难道我发疯了不成？好，你要替我做证，你是不是经常看到我参与了这种罪行？你想想，仔细想想。”

“不，朋友，我常看到，你的嘴上沾着鸡毛。”

有些人在这种情况下也会叹气，仿佛最后一个卢布就快花光。确实，全城的百姓都知道，无论是他还是他妻子都没有钱，但是你瞧，渐渐地，一会儿他盖起了房子，一会儿他买下了地皮。现在他的收支怎么平衡？虽然法庭说证明不了他的收支有问题，他没有犯罪，有一点却无法反驳：他的嘴上沾有鸡毛。

过路人和群狗

黄昏时两个好友边走边进行重要的谈话。突然一条看院的杂种猎狗从门洞里钻了出来，对着他们吠叫起来。猎狗接二连三地跑出来。一下子从各个院子跑拢来近五十条狗。

过路人中的一个已拿起一块石头。“得了，兄弟！”另一个对他说，“你制止不了狗吠，只会更加激怒狗群。我们只管朝前走吧，我知道它们的脾性。”真的，他们走了五十步光景，群狗开始慢慢地安静下来，终于完全听不到它们吠叫了。

嫉妒者不论对待什么，总是会发出吠叫。你只管走自己的路，用不着想办法制止他们，他们叫一会儿也就停了。

撒谎者

某个贵族（大概是公爵）从国外漫游回来以后不久，与朋友在田野上散步。他吹嘘去过什么地方，夸张地添加了无数荒唐事。

“不，”他说，“那是我见过的无与伦比的地方。你们这里算什么地方？一会儿冷，一会儿热，一会儿太阳躲了起来，一会儿又照得太明亮。而那里简直像天堂，一想起来心里就快乐。既不用穿皮袄也不用点蜡烛，你永远也不知道有黑夜，全年都能见到五月的阳光。那里谁也不用播种栽培。那里生长的是什么，假如你能看到就好了！例如，在罗马我看见的黄瓜，啊，到现在我都惊讶得不行。相信吗？嘿，真的，它竟有一座山那么大。”

“这真是奇迹！”朋友回答，“世界上到处都有奇迹，但不是每个人都能碰到。现在我们正在走近你从未遇到过的奇迹，我对此深信不疑。瞧，你看到河上那座桥了吗？我们的路正通向那里。那座桥看起来虽然普通，却有着十分奇怪的特性——撒谎者都不敢走过它，因为他还没有走到一半，就会摔倒并掉到河水中。但是不撒谎说假话的人，就随便在上面走吧，哪怕是坐马车也行。”

“你们这条河深吗？”贵族问。

“不算深。你看见了，世界上什么奇事没有！虽然罗马的黄瓜大得像山，这也不用争，好像你是这么说的。”

“即使不像山，也像屋子那么大。”贵族说明。

“简直难以相信！但是不论这多奇怪，我们要走的桥反正挺奇怪的，它怎么也不让撒谎者平安走过去。还是今年春天的时候，两个记者还有一个裁缝就从桥上栽了下去。(全城的人都知道这回事。)黄瓜像屋子那么大，若是真的，无疑是奇迹。”朋友说。

“嘿，这还不算什么奇迹。应该知道实际情况是什么。别以为别处的房子与我们这儿的一样，那里是什么房子？！因为贫困，两人钻进一座房子，既不能坐，也不能站！”

“就算这样，也应该承认，认为黄瓜是奇迹并不算错，因为它可以容纳两个人，但是我们的桥多奇怪，撒谎者在上面走不了五步，马上就会掉进水里！虽然你的罗马黄瓜也奇妙……”

“听着，”撒谎者打断说，“我们找个浅滩蹚过去，这比走桥过河来得好。”

狼和小羊

弱者在强者面前总是有错。历史上的事例不胜枚举，但我们现在不是撰写历史，就让我们来看看寓言是怎么说的。

夏日里一头小羊来到小溪边喝水，也该它倒霉——饥饿的狼正在附近觅食，看见小羊就想捕为猎物，但总得给个合理的借口，于是他喊道："放肆的东西，竟敢用你那肮脏的嘴巴搅得我的饮水满是泥沙。如此胆大妄为、无法无天，我要拧掉你的木瓜脑袋。"

"贤明的狼大人容我禀告：我在离您百步远的下游喝水，怎么也不会搅浑您的水。"

"这么说，是我在瞎说！你这卑劣的东西，竟敢这等大胆放肆！记得前年夏天就在这里，你也曾经对我出言不逊，我并没有忘掉这件事！"

"对不起，我还没满周岁。"

"那么就是你哥哥。"

"我没有哥哥。"

"那么就是你的亲戚。反正是你家族里的人。你们，还有牧羊犬和牧羊人，一个个都对我怀着敌意，一有机会，总想害我。现在我要跟你清算这笔账。”

“啊，可是我有什么错？”

“闭嘴！我可没耐心听你啰唆，也没工夫弄清你的过错，你的过错就在于我想吃掉你。”狼说完就把小羊拖进阴森森、黑幽幽的树林里去了。

鹰和蜜蜂

在舞台上活动的人是幸福的，因为整个世界都是他业绩的见证人，这一点也赋予他力量。但默默无闻的人也值得尊敬，因为他放弃安逸，从事卑微的劳动，既不贪名誉也不图荣耀，只有一个念头使他振奋：他是为大家的利益而劳动。

有一天，鹰看到蜜蜂在鲜花周围忙碌，轻蔑地对它说："可怜虫，我非常怜悯你，怜惜你的劳动，你的才艺！整个夏天你都在造蜂房，可谁来辨析和奖赏你的功劳？真的，我不理解你的愿望，辛劳一生，有什么意义呢？最终还是和大家一样默默无闻地死去！我们之间真有天壤之别呀！当我张开嗖嗖扑扇的翅膀在万里云端自由地翱翔时，所到之处我都撒下了恐惧：鸟类不敢从地上飞向天空，牧人放牧畜群时不敢打盹，奔跑迅捷的扁角鹿远远看见我，也不敢在田野上抛头露面。"

蜜蜂回答："你值得夸奖和尊敬！愿宙斯继续赐恩惠于你！我生来为大家的利益干活，不企求大家奖励我的劳动。看到蜂房，我感到很欣慰，因为里面也有我的一滴蜜。"

狗鱼和猫

如果鞋匠开始烤馅饼，那一定很糟糕；而由馅饼师傅来缝制鞋子，那也搞不好。已经指出过千百次了，爱去干陌生行当的人总比别人固执和荒唐。他宁肯把事情都弄糟，宁肯成为世人的笑柄，也不愿向诚实懂行的人请教，不愿听取他们理智的劝告。

牙齿尖利的狗鱼忽然冒出一个念头，要去干猫的行当。不知是受嫉妒心折磨，还是鱼食使它腻烦了，它就是想请猫带它去打猎，即到谷仓去捕老鼠。

“得了吧，你懂这一行吗？”猫对狗鱼说，“朋友，小心别丢人现眼！俗话说得不是没道理：事怕行家，隔行如隔山。”

“够了，朋友！捕老鼠有什么稀奇！我还经常捕鲈鱼呢。”

“那就祝你顺利，走吧！”它们去了谷仓，埋伏守候起来。猫玩够了，吃足了，就去看望狗鱼。狗鱼张大嘴，奄奄一息地躺着，老鼠咬掉了它的尾巴。

看到狗鱼根本不能干活，猫就把半死不活的它拖回到池塘里。这样做很有道理！狗鱼，这对你是个教训，今后要变聪明些，不要再去捉老鼠。

狼与布谷鸟

“再见，邻居！”狼对布谷鸟说，“在这里要说能得到安宁，那不过是聊以自慰的空话！你们这里的人和狗全都一个样：一个比一个凶狠，哪怕是天使，也免不了要与它们斗殴打架。”

“邻居，你要出远门吗？你想与之和睦相处的诚信的人们在什么地方？”

“我直接去世外桃源般的森林，邻居，那可真是好地方！据说那里的人不知道什么是战争，那里的人温顺得就像羊羔，那里的河里流淌着牛奶。总之，那里真如黄金时代一样，人们彼此像兄弟一般相处，那里的狗不咬人也不吠叫。亲爱的，你倒告诉我，即使是在梦中看到自己在这么安定的地方，是不是也令人心旷神怡？再见，别记恨我，我在那里会开始和睦、富足、安逸的生活，不像在这里，白天走路也得小心谨慎，晚上也不能睡个安稳觉。”

“祝你一路顺风，邻居！”布谷鸟说，“那么你的脾性和牙齿是扔在这里，还是带走？”

“扔掉？那岂不荒唐！”

“那你就记住我的话：你将会丢掉你的性命。”

越是脾性不好的人，就越是喜欢指责埋怨别人。无论他往哪儿瞧，总看不到好人，而首先跟大家闹翻的，就是他本人。

公鸡和珍珠

公鸡在一堆粪土中刨挖,发现了一颗珍珠,就说:“这有什么用?!完全是没有价值的东西!把它说得多么珍贵,岂不是愚蠢透顶?假如找到一粒大麦,真的,我会高兴得多,虽然它不怎么起眼,却能让我充饥。”

无知者评价事物就是这样:凡是不明白的东西,他们总认为没有价值。

农夫和雇工

我们面临灾难时，总喜欢求别人解救，但是一旦摆脱灾难，解救者却往往没有好报：大家争先恐后批评他，如果不把他说得毫无是处，那才是咄咄怪事！

傍晚，老农夫和雇工割完草，经过树林子回村庄去，突然他们迎头遇上一头熊，老农夫还没有叫出声，熊已经把他扑倒在地，压住、翻动、扒抓他，眼看老农夫命在旦夕。

“斯捷潘奴什卡，亲爱的，救救我吧，亲爱的。”他在熊身下央求雇工。

这个新赫耳库勒斯[①]用足他身上的力气——用斧头劈掉熊的半个头颅，又用铁叉刺穿了它的肚子。熊大吼一声，倒下去了，它失去了知觉，即将死去。

灾难过去，农夫站了起来，他却责骂起雇工来，可怜的斯捷潘呆掉了。“得了，”他说，“这是为什么？”

“还问为什么！蠢货，有什么可高兴的？就知道用铁叉来刺，你弄坏了整张熊皮。”

---

① 赫耳库勒斯：希腊神话中的人物。宙斯和阿尔克墨涅之子。他神勇无敌，做出了许多英雄业绩。

大车队

大车队载着许多瓦罐正在行进，必须从陡峭的山上往下走。主人让其余的车留在山上等待，小心地赶着第一辆车向下走。拉车的好马用骶骨顶着大车，不让大车往下滑行。

可怜的马每走一步，山上一匹年轻的马就冲着它骂一句："受人赞扬的马，真怪了！瞧，走起来像虾一样爬行。现在又差点没被石头绊倒。歪啦！偏啦！胆大一点！瞧，又震了一下。这里只要往左一点就好了，真是头蠢驴！如果是上山或是夜行，那倒也就罢了，可现在又是白天又是下山！看着都让人受不了！如果你没本事，驮水也罢！你好好瞧我是怎么拖车的。别担心，我不会浪费时间，我不是拉车走，而是飞车下山！"

小马立即拱起脊背、绷紧胸膛，拉着大车就动身下山了，但是刚往山下走就止不住步了，大车开始逼近来，往下滑，从后面推着马，把它甩向一边。马干脆撒开四条腿奔跑起来，奔过石头和沟坎，又蹦又跳，往左，往左——连同大车轰隆一声掉进山间的水沟里了！完了，主人的瓦罐！

许多人有同样的毛病：觉得别人做的全是错的，自己做起来却是加倍糟糕。

小乌鸦

鹰从苍空俯冲下来，向羊群扑去，抓走了一只小羊羔。附近的小乌鸦看到了这一幕，这也引发了它的“雄心”。不过它想：既然要抓，就要抓大的，不然，还弄脏了我的爪子！看来，鹰也有差劲的，难道羊群中只有羊羔不成？我多么想飞扑下去，抓一只真正的头羊。

乌鸦即刻就飞到羊群上空，朝它们投去贪婪的目光，它仔细观察羊羔、公羊、母羊，又察看又比较，最后挑了一只公羊。什么样的？又肥又壮的，强健的狼才能叼得起来。

乌鸦做好准备向它冲去，使尽力气紧紧揪住它的毛，这时它才知道，自己对付不了。最糟糕的是羊身上的毛又多又密，又乱又蓬，异想天开、爱出主意的乌鸦，无法从它身上拔出爪子。壮举未成，自己反成俘虏。

牧人从羊身上从容取下了它，为了使它不能再飞翔，剪除了它的两个翅膀，将它送给孩子们玩耍。

世间常有这样的事：小骗子模仿大骗子，溜掉的是大盗，挨揍的是小偷。

象当长官

有名望和权势的人，若没有头脑，却还有一颗善良的心，那就十分糟糕。

大象在森林里当上了长官，虽然象似乎是聪明的种族，但是象族中难免也有畸形儿。我们的长官粗壮像其家族，头脑可不像其家族，它简单呆傻，甚至不忍心让苍蝇受委屈。

现在好心善良的长官看见母羊们向衙门递上了呈文：狼快要把我们的皮撕光了。

“啊，骗子！”大象高喊道，“这简直是滔天罪行！谁允许你们抢劫羊群？”

狼说：“我们的父母官，得了，不是你允许我们向羊群收一点点实物税，好用它们做冬天的皮袄的吗？至于羊嚷嚷，那是愚蠢的叫喊。每只羊总共就撕一张皮，它们却连这也舍不得交。”

“噢，是这样，”象对它们说，“你们可要小心，我不能容忍任何人的谎言，每只羊一张皮，就这样，收吧！但不能多碰它们一根毫毛。”

蜻蜓和蚂蚁

喜欢逛来逛去的蜻蜓整个美好的夏天都在尽情地唱着玩着，那时在每一片树叶下都有它的餐桌和住房。转眼冬天就来到眼前，光秃秃的田野上死气沉沉的，再也没有愉快的日子了，一切过去了。随着寒冬到来，贫穷和饥饿也降临了。蜻蜓已经不再歌唱了。肚子里饥肠辘辘的，谁还有心思来歌唱！蜻蜓心情苦闷，它爬近蚂蚁身边说："收留我吧，朋友，请你帮我养足精力，让我吃饱穿暖直到明年开春！"

"朋友，我感到奇怪，整个夏天你干活了吗？"蚂蚁问蜻蜓。

"亲爱的，哪顾得上？我们把全部时光都用于在柔嫩的青草中唱歌欢蹦，跳舞跳得头都晕了。"

"啊，你就这样……"

"我唱得忘乎所以，唱掉了整个夏天。"

"你一直在唱歌跳舞？这也算干活？！那你现在继续去跳舞得了。"

驴子和夜莺

驴子看见了夜莺，对它说："听着，朋友，大家都说你是了不起的歌手。我倒想亲自听你唱一唱，然后来评一评，看你的本事是否真有这么大。"

夜莺马上开始表现自己的才艺，啁啁啾啾，嘤嘤唧唧，千啭百啼，轻曼缠绵，抑扬顿挫。一会儿柔声细语，像远处让人陶然心醉的芦笛声；一会儿呖呖清朗，如大珠小珠落玉盘响彻树林。周围万物都在聆听奥罗拉①的宠儿和歌手的演唱。风儿停息了，畜群静卧了，鸟儿的合唱也沉寂了，牧人屏息静气欣赏着，只是有时朝牧女莞尔一笑。

歌手唱完了，驴子面颊冲着地面说："相当不错。老实说，我听你唱歌时没有感到索然无味，可惜你不认识我们的公鸡，假如你稍微向它学一学，你还会唱得更好。"

听到这样的评判，可怜的夜莺振翅飞向远方。

千万别给我们这样的评判者。

---

① 奥罗拉：罗马神话中的曙光女神。

承包商和鞋匠

一个有钱的承包商住在豪宅里，好吃好喝，每天举办酒会盛宴，财宝多得数不胜数，家中的甜品和酒类，应有尽有，绰绰有余，总之，好像天堂就在他的豪宅里。只有一件事令承包商痛苦：夜里他睡不着觉。不知为什么总是睡不着，也许他是怕遭到报应，或者不过是怕生意破产。黎明时打个盹儿，还碰上了新的倒霉事：一个歌手做了他的邻居，邻居的小屋与富商窗对窗。他是穷鞋匠，也是个歌手、快活人。每天黎明到中午再到夜里，他总唱个不停，不让富商睡觉。

怎么办？怎么跟邻居商谈？让他不要再唱歌，命令他不许出声——没有这个权利。请求过——但请求不管用。终于承包商想出了办法，派人去叫邻居，邻居来了。

“亲爱的朋友，你好！”

“万分感谢您的亲切问候。”

“生意怎么样，克里姆？”（用得着谁，就知道谁的名字。）

“老爷，您问生意？还不错！”

“因此你这么快活，总是唱歌？看来，你日子过得挺幸福。”

“我总有忙不完的活计，我老婆心地好又年轻。谁不知道，跟好老婆一起过日子要快活些。”

“你有钱吗？”

“唉，没有。没多余的钱，也就没有多余的念头。”

“这么说，你不想成为有钱人？”

“我可没说这话。老爷您自己也知道，人活着总想得到更多的东西，今天的世道就是这样。我想，您也还嫌您的财宝少呢。做个有钱人没什么不好。”

“你说得有道理，朋友，我虽然有钱，但也有烦恼。虽然俗话说，贫非罪，但是不管怎样总要忍受苦恼，那还是忍受富裕带来的烦恼为好。我喜欢你说真话，我给你一袋卢布，请收下。等着吧！在我的帮助下你会富起来。要注意，别挥霍这些钱，珍惜它们以备不时之需！那是五百卢布整。再见！”

我们的鞋匠紧紧抓住钱袋，把它藏到前襟里，不是跑而是飞似的赶回家，夜里把它埋在地下——同时也埋葬了他的快活！不仅歌声没有了，睡梦也不知跑到哪儿去了。（他也失眠了！）一切都令他生疑，一切都令他惊惶。夜里猫稍有动静，他觉得是盗贼进了他家，便吓得浑身发冷，竖起耳朵细听。总之，这时的日子难过得简直想投河寻死。

鞋匠绞尽脑汁，想来想去，终于开了窍，于是拿起钱袋跑到富商那里，说：“谢谢你的好意，这是你的钱袋，请收回。我在此以前不知道怎么会有人睡不好。你过你的富裕生活吧，我不需要百万钱财，我要唱歌，我要睡梦。”

不幸中的农夫

一个秋天的夜里，小偷爬进了农夫的院子，潜入了贮藏室，便放手偷起来。他搜遍了墙壁、地板、天花板，丧尽天良地偷了能偷的一切。事实就是，小偷的心很黑！可怜的农夫睡下时是富有的，起床时已是一无所有的穷光蛋，简直要浪迹天涯去讨饭了。

农夫又悲伤又忧愁，召集了亲朋好友、左邻右舍。

"你们能不能帮我克服不幸？"

在场的每一个人立即与农夫讨论起来，并提出了有益的忠告和聪明的建议。

朋友卡尔佩奇说："哎，亲爱的，你不该向世人炫耀你多富有。"

亲家克利梅奇说："亲爱的亲家，今后尽量使贮藏室离屋近些。"

"哎，弟兄们，不是这么一回事，"邻居福卡说，"问题不在贮藏室离得远，而在于应该在院子里养几条凶狠的狗，到我这儿挑一只茹奇卡的崽子，与其把它们淹死，倒不如诚心诚意送给亲爱的邻居。"

总之，亲朋好友尽他们所能，提出了上千条聪明的好建议，却没有一个给予实际的帮助。

世间就是这样：你陷于贫困，硬着头皮去试试向朋友求助，他们就会七嘴八舌地给你建议；当你稍稍提到需要实际的帮助时，最好的朋友也变得又聋又哑。

主人和老鼠

如果屋子里发生了偷盗，可又没有拿到盗贼的罪证，注意别不分青红皂白，诬陷和惩罚所有的人。你这样既抓不到盗贼，也不能使他改邪归正，反而只会逼走善良的仆人，小不幸就会酿成大不幸。

商人盖起了一座仓库，里面全部储藏了食物。为了防止鼠类来糟蹋，他组建了猫的警卫队，昼夜都对仓库进行巡逻，这样，商人对仓库就放心无忧了。

本来一切都已安排妥当，不料却发生了一个意外：巡逻队里竟出了小偷。谁不知道猫和人一样，监守者往往不无罪过，这时本应伺机抓住它，惩治罪犯，保护无辜，但是主人却命令鞭打所有的猫。听到这样令人费解的判决，无辜的猫、有罪的猫，全都马上逃离了院子。

我们的商人没有了猫，这是老鼠求之不得的。猫一走，它们便溜进了仓库里，两三周之内就吃光了仓库中的所有食物。

大象和哈巴狗

有人牵着大象在街上走，显然是为了给人们瞧瞧。众所周知，在我们这儿，大象是稀罕珍兽，因此一群看热闹的人就跟在大象后面跑着。

不知从哪儿冒出一只哈巴狗，看到大象就冲着它扑过去，又吠叫又尖嚎，又冲又撞。嗬，一个劲地要与大象打斗。

“邻居，别让自己出丑了，”老黄狗对它说，“难道你是大象的对手？瞧，你已经声嘶力竭了，象却自管自径直往前走，根本不在乎你的吠叫声。”

“嘿，嘿！”哈巴狗回答道，“我根本不需要与大象斗就能跻身豪勇的狗之列。让狗儿们去说吧：‘哟，哈巴狗！好厉害，竟敢对大象大吠狂叫！’”

猫和厨师

有一个厨师，能看书识字。有一天，他从自家的厨房跑去酒馆。（他是个恪守规矩的人，这一天要给朋友办丧宴。）他把猫儿瓦西卡留在家里，让它看守食物免遭老鼠糟践。

回家后他看到的是什么？吃剩的馅饼，猫儿瓦西卡正趴在角落上的醋桶后面，咂巴咂巴响地啃着烧鸡。

“哎呀，你这个贪吃鬼！哎呀，你这个大坏蛋！”厨师马上就斥责瓦西卡。“你不仅在人前丢脸面，就是面对墙壁也应该感到羞愧。（瓦西卡依然大吃特吃。）怎么会这样！这之前你是只诚实的猫，人家把你当谦恭的榜样。可是你……哎，真可耻！现在所有的邻居都会说：‘猫儿瓦西卡是个骗子！猫儿瓦西卡是个大坏蛋！现在不仅不该放它进厨房，而且也不该放它进院子，像不放贪婪的狼进羊圈一样。它是害人精，它是鼠疫，它是这里的大瘟神！’”

瓦西卡边吃边听。

演说家口若悬河，滔滔不绝，不知说教何时是尽头。结果呢？在他娓娓讲道时，猫儿瓦西卡已经吃光了所有的热菜。

我请别的厨师牢牢记住：在需要使用权力的地方，不要在那里白白费口舌。

农民和狐狸

“告诉我，朋友，偷鸡算什么嗜好？”农民遇见狐狸，对它说，“说真的，我为你感到遗憾，听着，现在就只有我们俩，我要对你说几句老实话：你干这行当没有丝毫好处，更不用说偷盗是犯罪，是耻辱，全世界都会无情地咒骂你，你也没有一天不担惊受怕，唯恐为偷食把命丢在鸡窝里。为了那些鸡这样值得吗？”

“谁能忍受这样的生活？”狐狸回答说，“这种生活一直使我很痛心，甚至让我感到食之无味。你若知道我内心是正直的就好了！有什么办法呢？要吃饭，有孩子。有时，亲爱的朋友，我想，难道世上就我一个以偷盗为生？虽然这行当似一把利刃插在我心上。”

“那么，”农民说，“如果你真的没有说假话，我就要使你摆脱这罪孽生涯，给你一份清清白白的口粮。我雇你守护我的鸡窝，防别的狐狸，除了你还能有谁了解狐狸的全部伎俩？这样今后你就不会缺什么，在我这儿你要什么有什么。”

交易谈妥，于是从那时起，狐狸就开始担任鸡的警卫。

它在农民家过上了自由自在的生活。农民很富有，狐狸对一切都很满意。它吃得饱饱的，长得肥肥的，但仍然没有成为正人君子。不是偷来之食它很快就吃乏味了，于是它挑了一个漆黑的夜晚，咬死了农民所有的鸡，就此结束了它的差事。

有良知和守法的人，无论多么贫困艰难，都不会偷盗，不会欺骗；而即使给贼百万钱财，他也绝不会放弃偷盗。

幼狮的培养教育

林中之王狮子有了一个儿子。

你们知道野兽的特点：它们不像我们——我们的一岁孩子，即使他是王子，也是又弱又小，而一岁的幼狮却已成年。因此幼狮快满一岁时，狮王开始认真地考虑：不能让儿子成为无知的人，它不能辱没王室的名誉。当儿子将来治理王国时，不能让百姓因它而辱骂它的父亲。该请谁、雇谁或命令谁来带王子学习本领呢？

把它交给狐狸？虽然狐狸聪明，但它喜好撒谎，而与撒谎者打交道，任何事都会有麻烦，因此这不是为王者所需的本领。交给鼹鼠？人们这样议论它：它把一切都搞得井井有条，没有勘探过的地方，它决不走进一步，所有要吃的东西，它都亲自清洗，亲自去皮，总之，它有“干小事的大能手”的美誉。但不幸的是，鼹鼠的眼睛只看着鼻子底下的东西，看不到远处的任何东西。鼹鼠喜欢秩序井然固然好，但这只是对它才合适，狮子的王国比鼹鼠洞穴大得多。是不是雇雪豹？雪豹大胆勇猛，强壮有力，还是了不起的战术家。但是雪豹不懂政治，对民法一窍不通，它能传授什么治理国家的本领呢？王者应该既是法官又是部长、军人，而雪豹只擅长厮杀，它不配教导王室的孩子。简言之，所有的野兽都不合适，甚至包括大象。它虽然在林中受到尊重，犹如希腊的柏拉图①，狮王仍觉得它不够聪明，学识不深。

幸运或是不幸（很快就能分晓）的是：雄鹰听说了狮子的烦恼，它也是王，鸟之王，与狮王交情甚好，愿意为朋友效劳，自告奋勇培养教育幼狮。狮王如释重负，真的，鹰给王子当老师比什么都好。

于是狮王给幼狮准备行装，让它到鹰那里学习治国本领。

一年、两年过去了，这期间无论问谁，都对幼狮倍加赞扬。所有的鸟都在林中传颂它创造的奇迹。终于，学习期限到了，狮王派人来接王子。儿子回来了，狮王召集了全体臣民。它看到儿子又是拥抱，又是亲吻，然后对儿子说："亲爱的儿子，你是唯一合我心意的继承人，我已半条腿入土，而你只是刚步入天下，我愿意把王国交给你，现在当着大家的面告诉我们，你学到了什么，知道了什么，你打算怎样使自己的臣民幸福。"

"爸爸，"儿子回答，"我知道这里谁也不知道的东西，我认识从雄鹰到鹌鹑的所有鸟，知道什么鸟喜欢水较多的地方，什么鸟靠什么为生，什么鸟生什么蛋，我能细细数说鸟的所有需要。这是我的毕业证书，鸟儿们不是无缘无故说我才智过人的，等你让我治理国家时，我会马上教百兽们筑巢。"

狮王和全体野兽即刻发出一声叹息，官员们垂下了头。老狮子迟迟才醒悟过来，幼狮学的是些没用的本领，说的是些无用的废话。对于天生要统治百兽的幼狮来说，了解鸟类的日常生活没有多大用处；对于王者来说，最重要的学问是了解自己臣民的特性，了解自己的土地带来的利益。

---

① 柏拉图（公元前428/427—前348/347）：古希腊唯心主义哲学家。

树

看到农民拿着斧子，一棵幼树对他说:“亲爱的，请把我周围的树砍光，它们在我上方结成了拱顶，在这里我看不到一丝阳光，我的根没有一点伸展空间，我周围也没有风自由吹拂，这样子我无法安心地生长！假如没有它们妨碍我生长，一年后我就能长成这里的美人，我的树荫将覆盖整个山谷，可我现在长得几乎像根细枝条。”

农民拿起斧子为幼树效劳，在幼树周围清出了很大的空间，但是它的喜悦并不长久。

幼树又是受太阳炙烤，又是遭冰雹和雨水鞭打，最后它又被狂风吹折。

“傻子，”这时蛇对它说，“你的不幸是咎由自取，你若被树林遮蔽就能顺利长大，炎夏酷暑不能伤害你，肆虐的狂风也不能吹折你，因为有老树爱惜呵护你。如果有一天老树没有了，那是它们的时代过去了，那时你已长大，变得强壮结实，你大概已能经受暴风雨的吹打，就不会遭遇今天的灾难了。”

鹅

农夫用一根长长的细枝条赶着一群鹅去城里卖。说真的,他不太客气地鞭打鹅群,因为他急着要去集市,想卖个好价钱。

我并不怪罪农夫,但是鹅对此另有说法,当它们在路上遇到过路人时,立即就向他抱怨起农夫来:"哪里还有比我们更不幸的?农夫这样随意地对待我们,驱赶我们,仿佛我们是普通鹅似的。这个无知之徒根本不明白,他应该对我们表示尊敬。我们赫赫有名的家族源自曾经拯救过罗马的那些鹅。那里甚至定了节日纪念它们。"

"那你们凭什么功劳而想受到优待呢?"过路人问它们。

"我们的祖先……"

"我知道,大家在书上也读到过,但我想知道,你们带来了多少好处?"

"我们的祖先拯救了罗马!"

"是这样,但你们自己做了什么?"

"我们?我们没做什么!"

"那你们又有什么好值得优待的呢?别去打扰你们的先辈了,它们理应得到荣誉,而你们只配被烤制。"

本可以更多地阐释这个寓言，但还是别去刺激鹅群了吧。

猪

有一天猪钻进了老爷的院子，在马厩和厨房周围转来转去，在垃圾和粪堆里滚得一身脏，在没及耳朵的污水里泡了个够，回来时它又脏又臭。

“猪猡，你在那里见到了什么？”牧人问，“有一种传闻说，富人家全是金银珠宝，家里的东西一件比一件值钱。”

猪哼哼着说：“说真的，全是胡说。在那里我的拱嘴不遗余力地把整个儿后院全都翻了个遍，我没有发现什么财宝，只有垃圾和粪堆。”

但愿我的比喻没有侮辱谁！但怎么能不把某些评论家称作猪！他们不论分析评价什么，只具备看到别人缺点的才能。

苍蝇和赶路的人

在7月最炎热的中午时分，一辆四套马车载着行李和贵族一家在沙地上向山间缓慢地拖行。四匹马已疲惫不堪，不论车夫怎么竭力驱赶，最后还是只好停下来。车夫从赶车人位子上爬下来，这个使马受苦受难的人，与仆人一起拿着鞭子从两边虐打马匹，但仍然无济于事。于是老爷、太太以及他们的子女、家庭教师全都爬下了载重量大的马车。但是，要知道，马车装得满满的，虽然马匹拉动了它，但还是在沙地上勉强向山里行进。

碰巧有一只苍蝇在这里，怎么能不帮助有难者呢？于是它挺身而出来帮忙：用足全身力气嗡嗡叫着，在马车周围忙得团团转，一会儿在辕马鼻子上方盘旋，一会儿在拉边套的马额头上咬一口，一会儿突然停到车夫位子上，或者撇下马在人中间钻来钻去，犹如承包商在市场上忙个不停。它只是抱怨谁也不想来帮忙。

这时仆人们慢慢腾腾跟在后面胡扯；家庭教师与太太在窃窃私语；老爷与女仆去松林找蘑菇供晚餐用，把需要自己料理的一切置之脑后。苍蝇对大家嗡嗡埋怨，只有它一个在操心一切。

与此同时，马匹已一步一步把车拖到平坦的大路上。

“好了，”苍蝇说，“现在谢天谢地，你们上车吧，祝一路顺利。而我几乎抬不起翅膀了，让我休息一下吧。”

世界上有许多这样的人，他们到处都想要插上一手，喜欢在根本不需要他们的地方忙乎。

雄鹰和蜘蛛

雄鹰朝云层外高加索山顶飞去，降落在那里的一棵百年雪松上，开始欣赏下面辽阔优美的景致。它从那里似乎把大地一览无余：河流在草原上蜿蜒奔流；树林和草地披着翠绿色的春装；还有怒涛汹涌的黑海，远看像是黑油油的乌鸦翅膀。

“赞美你，宙斯，你统治着世界，”雄鹰向宙斯大声呼唤，“决定给我如此高明的飞翔本领，我不知道还有什么达不到的高度，我能从谁也飞不到的地方，把美丽的世界尽收眼底。”

“我看，你就是吹牛皮！”这时蜘蛛从树枝上回答，“我待的这里比你低吗？”

雄鹰抬头向上望，确实，蜘蛛在它上方张开了网，正在一根树枝上忙碌着，似乎它想为鹰挡住阳光。

“你怎么会在这么高的地方？”鹰问，“那些勇敢的飞鸟也不是都敢飞到这里的。你既没有翅膀又很弱小，难道你是爬到上面来的？”

“我没有这么大的决心。”

“那你怎么会在这里的？”

“我就附着在你尾巴上，是你自己把我带上来的。在这里没你我也能立足，在我面前别自以为了不起，要知道，我……”这时不知从哪里吹来一阵旋风，把蜘蛛又刮到了下面。

不知你们怎么认为，我觉得有不少人像蜘蛛，他们不凭才智不凭劳动，只是紧抓住显贵的尾巴，就平步青云地爬上了高位。他们还要神气活现，仿佛上天赐予了他们雄鹰的力量，可是只要刮起一阵风来，他们连同蛛网就一起被刮了下来。

狗

主人有一条淘气的狗，它什么也不缺。对于这样的生活，别的狗一定会感到满足和幸福，不会再想去偷吃东西，但是这条狗有个坏习惯：不论找到什么肉食，总是一下子把它偷走。不论主人怎么动脑筋，都拿这条狗没有办法，直到他的朋友来干预，帮他出了这个主意："虽然你好像对狗很严厉，却把它偷来的肉留给它自己，使它养成了偷盗的习惯。你以后可以少打它，但要拿走它偷来的肉。"

理智的建议用到狗身上后，它就不再淘气了。

雄鹰和鼹鼠

不要忽视他人的建议，首先应该分析它是否有理。

雄鹰带着雌鹰伴侣从远方来到原始森林，想在这里永久定居。它们选择了一棵枝叶繁茂的高大橡树，在树顶开始筑巢，希望夏天在这里生下自己的孩子。

鼹鼠听到了这个消息，鼓起勇气向雄鹰进言："这棵橡树不适宜居住，它的根几乎全部腐烂，大概不久就会倒下，请别在上面筑巢。"

但是雄鹰岂能接受来自洞穴的家伙的劝告呢？而且还是鼹鼠说的！何况别人还有赞语说，雄鹰有一双锐利的眼睛。再说鼹鼠凭什么敢干预鸟王的事情！

雄鹰压根儿蔑视鼹鼠，不跟它多说，加快干活，不久就为雌鹰盖好了新居。很快鹰夫妇有了孩子，一切都很美满幸福。但是结果是什么呢？

有一天雄鹰迎着朝霞，带着丰盛的早餐，从天外捕猎归来，匆匆飞回自己的家。它看到橡树已经倒下，压死了雌鹰和孩子。

雄鹰痛苦万分，两眼发黑。"我真不幸！"它说，"因为我的高傲轻慢，命运残酷地惩罚了我。我没有听取明智的劝告，哪能想到渺小的鼹鼠会提出善良的劝告呢？”

“假如你那时不轻视我，”鼹鼠从洞穴里对它说，“你就会想到我在地下挖洞，经常在树根附近，树是否健康我知道得更清楚。”

四重奏

调皮的长尾猴、驴、山羊和笨拙的熊想要演奏四重奏。它们搞来了乐谱、大提琴、中提琴，还有两把小提琴，坐到菩提树下的草地上，想用自己的技艺征服世界。它们奏起提琴，拉来拉去，却拉不出什么名堂来。

“停，停！”长尾猴喊道，“等一下，这怎么能算音乐？要知道，你们坐得不对。你是拉大提琴的，要坐在中提琴对面，我是第一小提琴手，要坐在第二小提琴手对面，那样奏出的音乐就不同了，森林和群山就会在我们面前起舞。”

大家各就各位，重新开始演奏。四重奏仍然不协调。

“等一下，我找到了秘密！”驴子喊道，“如果我们并排坐，一定会取得成功。”

大家听从了驴子的建议，规规矩矩坐成一排。四重奏仍然不协调。它们的争论更激烈，焦点还是该怎么坐。

夜莺听到吵闹便飞来，大家请它来解决疑惑。

“请你耐心待一会儿，教教我们怎样奏好四重奏。我们有乐谱也有乐器，只要告诉我们该怎么坐！”

“要做音乐家，需要有才气，要有比你们更加细腻的听觉，”夜莺回答说，“朋友，不论你们怎么个坐法，反正不适合当音乐家。”

树叶和根

在一个美好的夏日里，树叶一边在山谷里投下阴影，一边与微风低声细语，夸耀自己的茂密和翠绿。

它们这么对风儿夸耀自己："我们是全山谷最美的，树木因我们而茂盛丰美，枝杈伸展，雄伟壮观，没有我们它会成什么？我们夸自己毫无罪过，难道不是我们给牧童和游人蔽以阴凉，使他们免受炎热？难道不是我们以自己的美丽吸引牧女来这里跳舞？不论朝霞还是晚霞时分，夜莺总在我们这里啼鸣，风儿你也几乎总是与我们形影不离。"

"说到这里你也应该对我们说一声'谢谢'吧？"有个声音从地下谦恭地说。

"谁敢如此厚颜无耻和自大？你是什么东西，竟敢放肆地与我们说话？"树叶生气地说。

"我们在黑暗中干活养育你们，难道你们不知道？我们是你们得以繁茂的树根，你们好好炫耀自己吧！只是要记住我们之间的差别：随着新的春天的到来，树上又将长出新的树叶；如果我们枯死了，就不会有树，也不会有你们了。"

狼和狐狸

我们自己不需要的东西,会乐意馈赠于他人。可以用寓言说明这一点,因为隐喻的道理容易让人接受。

有一只狐狸吃够了鸡肉,又藏起一堆好肉做储备。黄昏时它躺在草垛上打盹,看到一匹饿狼拖着脚步,慢吞吞地到它这儿来做客。

“朋友,真倒霉,”狼说,“不论我走到什么地方,都没能啃到一根骨头。我饿得要命,腿也发软,那些狗很凶,牧人又不睡,看来,我只好上吊算了!”

“至于吗?”

“真是这样!”

“可怜的朋友,那你是否要吃一点干草?这里有一大垛呢,我愿意帮助你。”

狼想吃的当然不是干草而是肉,可狐狸只字不提自己的储备。狼虽然得到狐狸的亲切关怀,却没有吃到晚餐,它饿着肚子回家了。

风　筝

风筝飞上云端,从高处发现山谷里有一只蝴蝶。

“你相信吗?”它高喊道,“我勉勉强强才看得到你,你老老实实地承认吧,你嫉妒我能飞得这么高。”

“嫉妒? 真是天晓得,我才不嫉妒呢! 你把自己想得这么优越,这是枉然! 你虽然飞得高,但是你却被人用线牵着,这样的生活,我的朋友,离幸福可还遥远着呢。虽然我确实飞得不算高,但我想飞到哪儿就飞到哪儿,像你这样只供别人取乐,我一辈子都不会这么做!”

天鹅、狗鱼和虾

同伴们不协调一致，他们的事情一定做不好，最后的结果就只有痛苦。

有一天，天鹅、狗鱼和虾同拉一辆装满货的大车。它们仨套上车拼命地拉，可是大车一动也不动！货物对它们来说并不重，只是天鹅竭力往云端冲，虾则用足劲朝后面拽，狗鱼却憋足气往水中拖。

它们三个究竟谁对谁错，不用我们来费心评判，只是大车现在还在原地。

椋　鸟

每个人都有自己的才能，但有人往往被别人事业上的成就所诱惑，不假思索地去做完全不适合他去做的事。我的忠告是，如果你想事业顺利，就去干适合你的工作。

有一只椋鸟从小就学会了像红额金翅雀那样歌唱，仿佛生来就是只金翅雀。它那变化多端的歌喉使整个树林充满欢乐。大家都称赞、夸奖椋鸟。换了别的鸟会心满意足，但当椋鸟听到人家称赞夜莺时，它的嫉妒心不幸地开始引诱它了。它想："等一下，朋友，我用夜莺的调子唱起来也不会差。"

它真的唱了起来，只不过完全是怪腔怪调：一会儿吱吱，一会儿哑哑，一会儿像小羊羔咩咩咩，一会儿像猫崽咪呜咪呜的。它的歌声驱散了百鸟。我亲爱的椋鸟，这究竟有什么好处呢？

与其像夜莺那样唱却唱得拙劣，不如像金翅雀那样唱但唱得出色。

池塘和河流

池塘对毗邻的河流说:“不论怎么看你,你总是流动不息,这是怎么一回事?难道你永不疲劳?而且我总是看见,你载运沉重的货船,还运送长长的木排,更不用说小独木舟了,它们多得数也数不清。你何时放弃这样的生活?换了我,真会苦恼得死去。

“与你相比,我运气好多了!虽然我默默无闻,我也没有横贯整张地图,古斯里琴手也不会颂扬我——这一切都是虚无缥缈的——但我有松软的泥岸围着,犹如贵妇人穿着羽绒服。我怡然自得,安逸平静。我不用担心货船和木排。我不知道独木舟有多重。如果有什么事,多半是微风把树叶吹到我这儿,在水面漾起微微涟漪。什么能代替这无忧无虑的生活?无论风从哪个方向吹来,我都能静观尘世的纷扰繁忙,在梦中思考生活的哲理。”

“记得一条法则吗?”河流回答它说,“河水只有流动才能不腐。如果说我能成为大河,那是因我放弃了平静,遵循了这条法则,所以每年水都丰盈纯净。我给人们带来好处,我也得到了荣誉尊敬。大概我将永远奔流,而那时你已不存在,人们也不再提及你。”

它的话应验了:它至今奔流不息,而可怜的池塘年复一年长满了水藻、苔草，最后完全干涸，渐渐消失了。

如果才能被懒惰抑制，就无法施展；才能不能给世界带来好处，就会一天天地衰竭枯萎。

特里什卡的长褂

特里什卡的长褂肘部磨穿了洞，有什么好费心的？他把两只袖子各剪去四分之一做补丁。他拿起了针，在肘部缝上补丁。长褂又能穿了，只是两臂有四分之一裸露在外，但是，这又有什么好难过的呢？

不过大家都笑话特里什卡。特里什卡说："我不是傻瓜，我马上就来弥补这个缺点，我要让袖子变得比以前长。"

哟，特里什卡这家伙真不简单！他剪短了前后襟，接长了袖子，虽然他的长褂比无袖短上衣还短，但他心里十分高兴。

我看到，有时候有些先生弄糟了事情也这样来补救。可是你一瞧：他们穿着特里什卡的长褂呢。

机械师

有个小伙子买了一幢大房子。房子确实很老，但颇有名气，又坚固，又舒适，物品一应俱全。其他都非常合他的心意，就是有一点不太称心：离水源稍微远了一点。

“那有什么关系？”他想，“我有权处理我的财产，我的房子想怎样就怎样，我要用机械把它搬到河边去。（看来，小伙子热衷于机械。）只要在房子地基下挖出地方，铺上滑道，给房子装上滚轮，那样我就能用绞盘来搬动房子，想把它往哪儿放就往哪儿放，这房子犹如在我手心里。我还要做世上没有见过的事：在搬运我的房子时，我要像坐在马车里那样和朋友们一起坐在里面，在音乐的伴奏下举行盛宴。”

我们的机械师沉迷于这个愚蠢想法并动手干了起来。他雇了一些强健的工人，在房子下不停地挖呀挖，不惜钱财，也不惜操劳。

但是他没能拖动房子，他做到的只是使房子倒塌。

火灾与钻石

一天深夜，火焰在楼房里蔓延，越烧越烈，星星之火酿成了火灾。在众人的一片惊慌之中，一颗失落的钻石躺在路上，在尘土中微微闪烁着光芒。

“你再竭尽全力闪耀，在我面前也微不足道，”火焰对钻石说，“需要多么敏锐的视力，才能在近距离内把你和玻璃或水珠区分开，因为我的光或太阳光也能在它们身上闪耀。不用说，你总身陷灾难，不论什么东西，比如一点点碎布落到你身上，一根头发丝缠绕住你，就遮蔽了你的光芒。

“而当熊熊烈焰席卷楼房时，要遮挡我的光芒可不容易。瞧，我多么蔑视人们来扑灭我。我毕剥作响，吞没了一切，烧得火光在云端闪耀，使周围的人恐惧惊惶！”

“虽然我的光芒与你相比显得微弱，”钻石回答说，“但我没有给人们带来害处，谁也没有因灾难而责怪我。令我感到遗憾的是，我的光芒让人们羡慕，而你只是靠破坏才发出凶光闪耀。但是瞧，大家联合起来，奋力冲上前尽快消灭你。你越是烧得猛烈，你的末日大概也就越近。”

这时人们开始全力扑灭火灾，第二天清晨剩下的只是烟雾和臭味。钻石很快就被人找到了，成为皇冠上最美的装饰。

隐士和熊

虽然在别人需要的时候给予帮助是难能可贵的，但不是所有的人都善于帮助别人；千万不要与傻瓜打交道，殷勤的傻瓜比敌人更危险。

某人无亲无故，只身一人，远离城市，在荒僻的森林里隐居。不论对隐居生活描写得多好，不是所有的人都能离群索居。与人分担忧愁、分享欢乐，我们才会感到高兴。有人会对我说："那里不是有草地、苍莽幽深的树林、小山冈、潺潺小溪和绿油油的嫩草吗？"

"非常优美，那还用说吗！但没人说话毕竟很寂寞。"

那个隐士永远是一个人，因此感到寂寞万分。他去林中，希望遇见邻居，以便能认识什么人，可是森林中除了狼和熊，哪能看到什么人呢？

果然，他遇见了一头大熊。没办法，他摘下了帽子，向可爱的邻居致意，熊邻居递给他爪子。他们渐渐熟悉，成了朋友，后来他们终日形影不离。他们谈什么，又怎样交谈，说什么俏皮话，开什么玩笑，至今我一概不知。隐士是个寡言少语的人，熊则天生沉默不语，因此屋子里不会有争吵。不论怎样，隐士很高兴，他有了一个宝贝朋友。他时刻都跟着熊，没有熊就感到难受，对熊朋友赞不绝口。

有一天，天气炎热，朋友俩想要去小树林、草地、山谷、山涧溜达溜达。由于人比熊体力弱些，因此隐士比熊先疲劳，就落在了熊朋友后面。熊看到了这种情况，明白事理地对朋友说：“躺一会儿，休息一下，如果你想睡，就睡吧。我在这里守护着你。”

隐士是个容易说通的人，躺下后打了个哈欠，很快就进入了梦乡。

熊守卫着，也没闲着，朋友鼻子上停了只苍蝇，它就挥动熊掌驱赶它。一看苍蝇停在脸颊上，它就立即把它赶开。苍蝇又飞到朋友鼻子上，就这样骚扰个不停。熊闭口不言，一字不吐，迅速拿起一块大且重的石头，一边屏住呼吸蹲着，一边想：“我要这嘴不让人的东西的命！”

它就在朋友身旁守候着，看到苍蝇飞到隐士额头上，便用石头狠狠往朋友的额头上砸去！它的劲很大，这一击是那么有力和利落，把隐士的头颅都砸开了。熊的朋友从此就长眠在那里了。

花

有钱人家的窗台上摆着一只彩绘的大瓷罐，里面混插着假花和真花。假花在铁丝做的花茎上高傲自大地微微摇曳着，向大家展示自己那惊人的娇艳。

这时开始下起蒙蒙细雨，塔夫绸做的假花竭力咒骂起雨水，同时向宙斯请求不要降雨，它们祈求道："把雨停了吧，宙斯，下雨有什么好处？世上还有什么比它更糟？到处都是泥泞和水洼。"

但宙斯没有接受假花的无理请求，雨仍然不停地下着，驱赶炎热，使空气凉爽，大自然显出一片盎然生机，青翠的植物仿佛得到新生。

这时窗台上的真花绽放了，显示出自己全部的美丽，它们因为雨水的滋润更芳香、更鲜润、更娇嫩。从那时起，可怜的假花失去了它们的鲜艳美丽，像垃圾一样被丢弃在院子里。

真正有才能的人不会因受批评而生气。批评不会损害他们的美，只有假花才害怕淋雨。

农夫和蛇

蛇爬到农夫那里，请求被接纳到家里，说它不能虚度光阴，愿意替他照料孩子，劳动挣来的面包才更香甜。

“我知道，”它说，“在你们人类中间，蛇有着很坏的名声。你们认为蛇习性凶恶。自古就有一种说法，说它从不知道感恩，既无友情也无亲情，连自己的孩子也吞吃。这一切可能发生过，但我却不是这样的。我生下来从未咬过人，而且十分鄙视邪恶。就是没有毒牙，我也可以活下去，我真愿意拔去毒牙。我比所有的蛇都善良，你完全可以想象得到，我会很爱你的孩子！”

“即使这些不是假话，”农夫说，“我仍然不能接受你，一旦大家都喜欢这样的例外，那么，在一条善良的蛇之后，就会有上百条凶恶的蛇爬来，这里所有的孩子都会被害死。真的，我和你好像无法共处，因此，最好的蛇对于我来说，也不如没有蛇好。”

父亲们，你们明白这里我指的是什么吗？

好心的狐狸

春天时，猎人射死了一只红胸鸲。假如不幸到此为止倒也罢了，但是不，接着又有三只遭殃：三只可怜的小雏鸲成了孤儿，刚出壳，不明世事也无力气，忍饥挨冻的小鸲鸟只能发出愁苦的吱吱声，徒然呼唤母亲。

“看着这些小鸲鸟怎能不难过？谁会不心痛？”狐狸蹲在鸟巢对面的石头上，对众鸟们说，“大家别扔下这些孩子不管，哪怕给它们衔去一颗谷粒，哪怕给它们的巢添一根草，你们也算保护了它们的生命，这是最神圣、最高尚的善行！

“布谷鸟，你本来就在换毛，反正你也要白白扔掉这些毛，不如拔一些毛给它们铺巢；百灵鸟，你干吗在上空盘旋，到田野、草地上找一点饲料，可以分给可怜的孤儿们吃；斑鸠，你的孩子已经长大，它们自己已经能弄到食物，你最好还是飞离自己的窝，代替小鸲母亲去照料它们；燕子，假如你捉到小蚊子，就给无亲无故的小鸲吃吧；而你，亲爱的夜莺，你知道，你那美妙的嗓音使大家着迷，和风正好摇曳着小鸲鸟的窝巢，你就用歌声给它们催眠吧。我坚信，你们这种温情关爱将弥补它们失去母亲的痛苦。你们听着，我们将能够证明，树林中有许多颗善良的心……”

说这话时三只可怜的小鸲饿得无法安心待在窝里，从树上掉到下面，落在狐狸跟前。这好心的家伙做出了什么举动呢？马上几口就把它们全吃了，它对鸟的教导也就没说完。

读者们，请不要觉得奇怪，真正的好心人不会夸夸其谈，只会默不作声地做着好事。光对别人唠叨做好事的人，他的好往往只是要别人做好事，因为这样不会给自己带来任何损失。实际上，几乎所有这样的人，都与我说的这只狐狸如出一辙。

杰米扬的鱼汤

“我的朋友，邻居，请喝吧！”

“邻居，我已经喝饱了。”

“没有关系，再喝一盆。听我说，鱼汤真的煮得很好！”

“我已经喝了三盆汤了。”

“得了，何必去记数字，只要你喜欢，尽管喝，喝个痛快，喝个精光。多么好的鱼汤！多么油！仿佛蒙了一层琥珀似的。请多喝点，亲爱的朋友，这是鳊鱼，这是内脏，这是鲟鱼！再来一调羹！老婆，来敬汤！”

杰米扬就是这样款待邻居福卡的，让他无休无止地喝下去。福卡早已喝得大汗淋漓，但他还是又端起一盆汤，用尽最后的力气喝个干净。

“我就喜欢这样的朋友！”杰米扬高声喊叫了起来，“我不能容忍傲慢的人。来，再喝一盆，亲爱的！”

可怜的福卡不论多爱喝鱼汤，还是抱起腰带和帽子，赶快逃离这样的灾难回家，从此不敢再登杰米扬的家门了。

熊守蜂房

春天时熊被百兽推选为蜂房守卫。但熊常常贪吃蜜，本应推选一名有诚信者，那样就不会让大家后悔了。你去问问百兽吧！不论请谁当看守，都遭到了拒绝。于是开玩笑似的，就这样选出了熊。

结果它监守自盗，把蜜都拖到了自己窝里。

法庭判决把熊关在它的窝里，并让它签字盖印，但是蜜仍然没有追回。

而熊对一切置之不理，它与众兽一一告了别，便钻进了暖和的窝，在那里舔爪子上的蜜，同时坐待良机到来。

狗、人、猫和鹰

狗、人、猫，还有鹰有一天彼此发誓要永结友谊，而且是朴实诚挚的真情厚谊。它们同屋居住，几乎同桌吃饭。它们发誓同甘苦共患难，要互相帮助，互相保护，如果需要，不惜为朋友而死。

有一次大家一起去打猎，它们走得很远，疲乏不堪，就在附近的一条小溪旁休息。有的躺，有的坐，都在打着盹。突然一头熊从林中奔出，张开大嘴，直向它们扑来。

看到灾祸突然降临，鹰飞向空中，猫逃向树林，人则眼看着要告别生命，但是忠诚的狗与猛兽奋力厮打搏斗，紧咬住它。不论熊怎样凶狠地摧残它，也不论熊怎样痛得狂吼怒号，狗都紧咬住熊，挂在熊身上，毫不松口，直至耗尽力气而丧失生命。而人呢？很惭愧。不是每个人都能与狗的忠诚不渝相比的！在熊只顾与狗厮打时，他抓起猎枪，失魂落魄地拔腿逃回家了。

嘴上讲关爱和帮助是容易的，但只有患难时才能识别真朋友。这样的朋友多么少呀！况且，我常常看到，像这首寓言里忠诚的狗被抛弃一样，有的人经朋友搭救脱离困境，而朋友有难时他就不顾了，甚至还到处咒骂朋友。

狮子和蚊子

别嘲笑弱者，也不能侮辱弱者！有时弱小的敌人会狠狠地报复，那时你别过高估计自己的力量！

这里请听一则寓言，讲的是，狮子因为妄自尊大、盛气凌人，受到小蚊子的狠狠惩罚。我间接听来的寓言是这样的：

狮子对小蚊子既冷漠又轻蔑，蚊子很愤怒，不能容忍侮辱，便鼓起勇气，向狮子宣战。它自己既是战士，又是号手，尽全力放开喉咙嗡嗡大叫不停，向狮子叫阵，要做一次殊死决斗。

狮子觉得很可笑，蚊子却不开玩笑。它忽而从后面，忽而在眼睛上，忽而在耳朵上对着狮子嗡嗡叫！它仔细看准位置，抓住时机，便像鹰一样向狮子俯冲下去，把毒刺深深扎进狮子的屁股。狮子打了个战，甩动尾巴赶蚊子。蚊子很机灵，也不是胆小鬼，落到狮子额头上猛吸起血来，狮子转动着头，抖动着鬣毛，但我们的英雄蚊子仍我行我素，一会儿钻进狮子的鼻子里，一会儿去咬狮子的两只耳朵。

狮子勃然大怒，发作起来，发出了异常可怕的咆哮声，牙齿磨得咯咯直响，爪子拼命地刨抓起地皮。威猛的吼声让周围的树林震颤，所有的野兽充满了恐惧，它们藏的藏，逃的逃，仿佛发生了火灾和洪水！是谁造成了这一切？是蚊子！

狮子东冲西撞，乱蹦乱跳，耗尽了力气，轰的一声倒在地上，向蚊子求和。

蚊子的满腔怒气已经发泄完了，它宽恕了狮子并同意和解，然后突然从阿喀琉斯①变成荷马②，在树林里飞来飞去宣告自己的胜利。

---

① 阿喀琉斯：希腊神话中的英雄。

② 荷马：史诗《伊利亚特》的作者，诗中歌颂了阿喀琉斯。

狮子和狐狸

狐狸自生下来就没有见过狮子,遇见狮子后,吓得半死不活。过了些时候,它又碰到狮子,但它已经不那么胆小害怕了。第三次见到时,它已敢与狮子交谈了。

对没有仔细观察研究的事物,我们也会无端感到害怕的。

攀　藤

菜园里长出一种攀藤，开始围着干木桩攀缠。附近田野上立着一棵小橡树。

“这个废物有什么用处？还有它的家族又有何用？”攀藤对着木桩议论起小橡树，“怎么能拿它与你相比，在它面前单凭身材挺拔，你就是个贵妇人。虽然它身披树叶，可是多粗糙，算什么颜色！大地为什么要滋养它？”

不过，刚刚过了一星期，主人就把木桩劈了当柴烧，把小橡树移栽到菜园里。他的劳动非常成功，小橡树扎下根，萌发枝条，攀藤又开始在它的左右缠绕，并对它表示尊敬和赞扬！

谄媚者的举止就是这样。平时他对你无中生有、一派胡言，无论你怎么努力，也别想指望得到他的好评，但只要你时来运转、平步青云了，他会第一个来登门拜访。

乌　云

大地被炎热折磨得干枯衰竭。这时天空虽然飘过一大块乌云，但没有降一滴雨使大地恢复生机，而在大海上空乌云浇下了倾盆大雨，并且对高山夸耀自己的慷慨。

“你用这种慷慨做了什么好事呢？”高山对它说，“看着怎么能不痛心！假如你把雨水浇注到田野上，你就把整个地区从饥渴中解救出来了，而大海即使没有你的帮忙，水量也绰绰有余。”

命运女神和乞丐

乞丐背着一只破褡裢，沿街挨家挨户地乞讨。他抱怨自己的命运，同时常常感到惊奇：有人住着豪华宅第，家里堆着金山银山，日子过得富足甜蜜。不论钱袋多么鼓，他们总是不满足，甚至无休止地渴望得到新的财富，最后往往丧失一切。

比如那屋子的主人，生意做得非常顺利，很快他就发了大财。这时若是就此罢手，完全可以安度余生。可他把业务留给别人，春天时就乘船出海，期待着赚回一座金山，但是船被风浪击碎，大海吞没了全部财宝，现在它们还在海底躺着。

另一个人是个承包商，他挣得了百万财富，可是还嫌钱少，想要使财产翻一番，承接了过多的生意，结果落得完全破了产。

这种例子不胜枚举。活该！该记住教训。

这时命运女神突然出现在乞丐面前，说："听着，我想帮助你。我找到了一堆金币，把你的袋子拿过来，我要把它装满装足。只是我们有个约定，你的袋子又破又旧，你可不要装得太多，免得袋子承受不了。"

乞丐高兴得透不过气来，他把口袋撑开，金币像黄金雨一样，大把大把落到里面,袋子已经非常沉重。

“够了吗?”

“不够。”

“可别把袋子撑破了。”

“别担心,没问题。”

“瞧,你成了巨富。”

“再来一点,一点,哪怕再扔上一小把。”

“哎,够了! 你瞧,袋子马上要破了。”

“稍微再加一点点。”

但这时袋子破了,金币洒落变成尘土,命运女神消失得无影无踪。眼前只有口袋一条,乞丐依然一无所有。

狐狸建筑师

有一只狮子非常喜欢养鸡，但它养得不好，这不奇怪！因为去鸡场的路畅通无阻，所以不是鸡被偷盗，就是它们自己失踪。

为了减少这种损失和忧虑，狮子想要盖一座坚固的大鸡舍，使盗贼根本无法进来，而鸡住在里面也宽敞舒适。

于是有人向狮子报告说，狐狸是个建筑大师。这事就交托给了它。

事情从开始到结束都很顺利，狐狸付出了全部心血和智慧，大家看到：这建筑真令人赞叹！此外，这里一切应有尽有，食槽就在鼻子底下，到处插着栖架，有地方可避暑避寒，下蛋的地方也很僻静。

所有的荣誉都归狐狸，它得到了丰厚的奖赏。狮子马上下达命令："鸡立即迁入新居。"

但是搬迁真的带来好处了吗？不，鸡舍好像是很坚固，围墙又高又结实，鸡却在日益减少。哪里来的灾祸？想不出来。于是狮子下令暗中来守卫。抓到了谁？就是狐狸那坏蛋。

它确实把鸡舍盖得很坚固，其他人无论怎样都闯不进去，但它给自己留了一条秘密通道。

贪婪者和母鸡

贪婪者想得到一切，结果却失去了一切，我相信有许多这样的例子。为避免花时间和精力去寻找，我打算给你们讲一个古老的寓言。

孩提时我读过贪婪者的故事。这个人不会任何手艺，但他的钱匣子总是装得满满的，原来他有一只会下蛋的母鸡。(这又有什么好羡慕的！)它下的不是普通的蛋，而是金蛋。

他渐渐地富裕起来，换了别人，对这种境况会很高兴，但是贪婪者并不知足。他想出了新主意——杀鸡取蛋。他忘了母鸡对他的恩惠，也不怕背上忘恩负义的罪名。他杀了母鸡，最终得到了什么呢？活该，他从鸡肚子里取出的是普通内脏。

两只桶

街上滚着两只木桶，一只是酒桶，一只是空桶。酒桶滚动缓慢无声，空桶蹦跳着，飞滚着，一路轰隆如雷贯耳，还飞扬起柱状尘土。路人老远就能听到轰隆声，吓得赶快离开，但不论空桶滚得多响，好处总不如酒桶大。

一干事就向大家高声嚷嚷的人，一定甚少成就。真正实干的人，往往寡言少语。伟人只是干事轰轰烈烈，作重大思考时无声无息。

猎　人

人们在做事的时候常常会说:“还来得及,有的是时间。”但应该承认,说这话时他们并未经过考虑,而只是出于惰性。如果有事做,要尽快做完,不然,当机遇突然降临时,就别埋怨运气不佳,而要责怪自己。

猎人拿起猎枪、弹药和猎袋,还带上习性可靠的朋友——赫克托尔[①],去森林打野味。虽有人劝他在家里给猎枪装上弹药,他却没有装。

“这是小事,”他说,“我熟悉路,自生下来没见过这里有一只麻雀。到目的地需要走一小时,装一百次弹药都来得及。”

但是结果呢?刚走出生活区(命运女神仿佛跟他开玩笑),他就看到湖面上一大群野鸭在玩耍。当时要是猎枪已装上弹药,我们的射手本可以轻易地打死五六只,吃上一星期。现在他赶快装弹药,只不过野鸭对此很敏感,在他急急忙忙装弹药时,它们就大声叫起来,惊慌地腾空而起——列成一行,朝树林后面飞去,消失得无影无踪。

---

① 猎狗的名字。

后来猎人在树林中白白转悠，连一只麻雀也没碰上，而这时还祸不单行：偏偏遇上阴雨天，我们的猎人浑身湿透了，背着空猎袋回了家。

然而他仍然不是责怪自己，只是埋怨运气不好。

毛驴和农夫

农夫雇毛驴夏天看守菜园，要它驱赶乌鸦、麻雀这些无耻之徒。毛驴最循规蹈矩，既不偷不盗，也不贪吃主人的一片菜叶，更不该说它纵容鸟儿。

但农夫经营的菜园并不好，毛驴常撒开蹄子驱赶鸟儿，在菜畦间纵横蹦跳、奔跑，把菜园里的一切都践踏踩倒了。

看到自己的劳动化成泡影，农夫在驴背上打了一棍泄愤。

“活该！”大家嚷道，“这畜生自作自受！以它这种脑袋也能承担这种差事？！”

并不是要庇护毛驴，我要说，它确实有过错（已经惩罚了它），但是委托毛驴看守菜园的农夫，好像也有过错吧。

狼和鹤

人人都知道，狼贪婪成性，吃东西连骨头也囫囵吞下。但是有一只狼遇上了灾难，一根骨头几乎要把它噎死，狼既不能呻吟也不能叹气，简直只能四腿一蹬等死了。

幸好，附近出现了一只鹤，狼好歹比画着把它引过来，请求鹤帮自己解除痛苦。鹤把自己的长喙和脖颈伸进狼嘴，费劲地衔出骨头，完事就请狼付给它劳动报酬。

“付你报酬？真会开玩笑！”狡猾的狼大声地嚎叫起来，“你这个忘恩负义的家伙，你能把自己的长嘴和蠢脑袋从我喉咙里完整地抽出来，这已经是我给你的挺不错的待遇了。得了吧，朋友，快滚开吧！但要当心：今后别再碰上我。”

蚂　蚁

有一只蚂蚁力气非凡，竟能抬起两颗麦粒，自古以来没人听说过（可信的蚂蚁专家这么说的），而且它被认为异常勇猛：无论在哪儿看到蠕虫，它都马上就死死咬住不放，甚至单独迎战蜘蛛，因此它在蚂蚁国颇有声誉，那里对它只有一片赞扬。

我认为过多的赞扬有害，但这只蚂蚁不这样认为。它喜欢听取赞扬和夸奖，习惯了妄自尊大，并相信这些称颂赞扬。最后赞扬塞满了它的脑袋，它想去城里显露展示一番，想在那里炫耀自己的力气。它高傲地爬上了农夫最大的一辆干草车，神气活现地进了城。

但是它的高傲受到了莫大打击！它以为整个大集市上的人都会像救火一样朝它奔来，可是大家根本没有注意它，每个人都操心着自己的事。

蚂蚁一会儿衔起叶片拖着走，一会儿跌倒，一会儿爬起来，但是谁也没有注意到它。最后它累了，摊开身子，躺直了，烦恼地对趴在大车旁的看家狗说："难道真的该承认，城里人不明事理，没长眼睛？尽管我坚持干了一小时，谁也没有发现我，这可能吗？在我们那里，好像全蚂蚁国都知道我。"它只得怀着羞愧回家去了。

聪明的蠢材就这样认为，他以为自己名震天下，而实际上他只是使自己的蚂蚁国感到惊奇而已。

牧人和大海

牧人与涅普士诺斯是近邻。他住在海滨，有舒适的房屋，有一群羊，日子过得挺安逸。他不知奢华，也不知道贫苦，长时间以来他对自己的命运甚至比许多国王还心满意足。

但是每次看到有商船从海上运来许多财宝，卸下大量商品，岸上的仓库都几乎要被撑破，而货主们则快乐得心花怒放时，牧人便对这一切非常入迷。于是他卖掉了羊群和房屋，买了商品，坐上船去海上。

但是他的行程并不长久，很快他就体会到了大海的欺骗：海岸刚刚从眼前消失，风暴便骤起，他的船被击碎，所有的商品沉入海底，他自己好不容易才得救。

多亏大海，他又当起了牧人，差别只是：从前他放自己的羊，现在是为挣钱放别人的羊。生活虽然非常贫困，但是靠忍耐和劳动什么做不成？他节衣缩食积攒起一点钱，重又养起自己的羊群，再次成为自己羊群的主人。

一天天气晴朗，他在外放牧羊群。坐在海岸上，他看到海水微微荡漾（整个大海都这样平静），从码头平稳地驶出一艘艘航船。

“我的朋友！”他对大海说，“你又想骗我了，但这是白费心机！你去找别人行骗吧。过去我曾经孝敬你，现在要看看，你怎么欺骗别人。在我这里你弄不到一文钱。”

与其去追求骗人的希望，不如保住可靠的东西。可以找到骗人的希望造成的上千个不幸者，却只有千分之一的人不受骗。不论别人怎么对我说，我还是重申自己的话：

前面有什么——谁都不知道，而我现在有的东西——就不要放弃。

狐狸和葡萄

饥饿的狐狸钻进了果园，那里一串串葡萄熟透了，多汁的果实宝石般闪闪发亮，看得狐狸眼馋起来。倒霉的是，它们高高地悬挂着，不论狐狸怎么努力，只能是看得见而够不着。

狐狸白白费了一小时劲，只好走开，一边走一边懊丧地说：“得了，这算不了什么！葡萄不过是看起来好看，但都是青的，还没有成熟，现在吃，一定涩嘴又酸牙。”

勤劳的熊

熊看到农夫做马轭出售很赚钱(把木料弯成马轭要有耐心,不是一蹴而就的),也想以此活计为生。

它去树林对树枝又折又砍,一俄里外都能听到断裂声。熊毁了无数榛树、桦树、榆树,仍然没有学会这门手艺。

它就去向农夫讨教,说:“邻居,我能折断树枝,却不能做成一根马轭。这到底是什么原因?请告诉我诀窍是什么。”

“朋友,”农夫回答说,“诀窍是你根本就没有的东西——耐心。”

磨坊主

磨坊主的堤坝渗水，假如立即着手修理，还不是太大的灾祸。但他及时去做了吗？磨坊主并不以此为忧，水一天天越渗越猛，如瓢泼一般涌出来。有人说："磨坊主，别大意，你该清醒清醒了！"

磨坊主说："离灾难远着呢！我不需要汪洋大海，现在的水用一辈子也富余。"他于是高枕无忧地睡大觉，水却像从木桶中倾泻出来一样，终于渗水完全酿成了灾难。磨盘不转了，磨坊停歇了。磨坊主又是叹气又是忧伤。他醒悟了，想着怎样保住水。

他站在堤坝旁察看着漏洞，看到一群母鸡在河边饮水。"坏东西！"他大声喊道，"蠢凤头母鸡！我现在还不知道要从哪里弄到水呢，你们却还在这里开怀畅饮！"他拿起劈柴就朝它们扔去。他这样做于自己有何好处？既没有了母鸡，又没有了水。

我有时看到有这样的人（这则寓言就是送给他们的）：他们为荒唐小事不惜一掷千金；而想要振兴家业，一个蜡烛头都不舍得用，为此还乐于与仆人吵翻天。如此节俭治家，却很快就把家业搞得一团糟，你说怪不怪？

鹅卵石和钻石

一颗被遗落的钻石躺在路上，终于，商人找到了它并把它推荐给了国王。国王买下后，它被镶上金边，成为王冠上耀眼的装饰。

获悉此事，鹅卵石不安分起来，为钻石灿烂的命运所吸引，看见农夫赶车，便请求他："请你把我带到首都去吧！为什么我要在这里挨雨淋，在肮脏的泥泞中发出哀怨？我们的钻石据说备受尊敬，凭什么它能被显贵宠幸？它曾经躺在我旁边多年，一样是石头，是我亲兄弟。把我带上车吧！谁知道呢，如果在那里我能展示自己，也许，我同样能派上大用场。"

农夫拾起鹅卵石放到沉重的大车上，把它带进城里去。鹅卵石躺在那里美美地想，它马上将与钻石平起平坐了。

但是它得到的完全是另一种待遇，它确实派上了用场，但只是用作铺路。

橡树下的猪

猪在百年橡树下大吃一通橡树果，吃饱之后，就躺在树下睡起了大觉，睡醒了，便起来用嘴刨树根。

“你这可是在伤害树，”树上的乌鸦对它说，“如果根露在外面，橡树可能会枯死的。”

“就让它枯死好了，我可一点也不担心。我看它没多少用处，即使永远没有橡树，我也丝毫不会感到惋惜。只要有橡树果就行，我是吃它们长胖的。”

“忘恩负义的家伙！”这时橡树对它说，“你若能抬起嘴巴，你就会看到，果实就长在我身上。”

无知者同样盲目地责骂科学和一切科学成果，他们竟然没有觉察到，他们享受的正是科学成果呢。

蜘蛛和蜜蜂

有些才能虽然有时让大家惊奇，但是对大家并没有任何好处，这种才能据我看没有用处。

一位商人把布匹运到市场上去出售，这是大家需要的商品。顾客多得应接不暇，柜台旁边拥挤不堪。

看到布匹这么畅销，蜘蛛十分眼红，商人的盈利诱惑着它，它也想要织些布来卖，谋划着抢商人的生意，还决定把铺子开在小窗口那儿。它安排就绪，织了一夜，把商品包装得十分新奇，便自大起来，目空一切，坐下来，寸步不离柜台。它暗想：只要白天来临，我就会把顾客招过来。

白天来临了，但结果呢？人家把它一扫，赶出了铺子。

这只蜘蛛懊恼得又气又狂。“好，你们等着公正的评判吧！我要让全世界都来做证，看谁的织物更精美、更细致，是商人的还是我的？”

“是你的，对此我没有异议，”蜜蜂回答，“这是众所周知的，但是它不能穿又不保暖，它有什么用处呢？”

狼和猫

狼从树林向村子跑去，不是去做客，而是逃命。它为自己的毛皮胆战心惊，猎人和猎狗正在后面追赶它。它真想一见到门就钻进去躲起来，但是它遇到的只有霉运，所有的门都插上了门闩。

这时狼看见围栏上的猫，便对它央求道："瓦西卡，快告诉我，这里的农夫谁比较善良，能掩藏我，让我躲过凶恶的敌人？你听到狗吠和可怕的号角声了吗？这正是来追捕我的。"

"快去请求斯捷潘，他是个最善良的农夫。"猫儿瓦西卡说。

"虽然是这样，可我偷过他的羊。"

"那就去找杰米扬试试。"

"我怕他会生我的气，我曾拖走他的小山羊。"

"那就跑吧，那边住着特罗菲姆。"

"去特罗菲姆那里？不行，我怕遇见他，因为我吃了他的小羊羔，春天起他就威吓我。"

"真糟！也许克里姆会藏你。"

"唉，我咬死过他的小牛犊！"

“我明白了，朋友，你得罪了村里所有的人，”瓦西卡对狼说，“在这里你还能寻找什么庇护？我们的农民虽然为人纯朴，但还不至于为救你而使自己遭难。种瓜得瓜，自作自受，这些话是完全正确的。”

苍蝇和蜜蜂

春天，花园里微风习习，苍蝇在花茎上摇晃着，看到蜜蜂在花上忙碌，于是高傲地说："你真勤快！从早到晚忙着干活！换了我一天就累瘫了，瞧我过的天堂般的生活！我所要干的仅仅是飞来飞去参加舞会和做客。我毫不吹牛，我认识城里所有的显贵和富人。

"可惜你没看见我在那里是怎么享用盛筵的。那里只要举行婚礼、命名日宴会，我肯定总是最早就到场，从瓷盘里品尝丰盛菜肴，从闪光的水晶杯里喝甜酒，比所有宾客都早吃到美味甜食，想要吃什么就拿什么，而且我很赏识娇柔的女性，总是在年轻美人周围绕飞并停在她们粉红色的脸颊或雪白娇嫩的脖颈上休息。"

"这一切我都知道，但是我也听到了传闻，说谁都不喜欢你，宴会上你只会令人皱眉，甚至常常有这种情况：你一出现在屋子里，立即就被赶走，真丢脸！"

"是啊，人们是赶我！"苍蝇说，"这不算什么！如果把我赶出这扇窗，我就飞进另外一扇窗。"

铁锅和瓦罐

瓦罐和铁锅结下了深厚的友谊。虽然铁锅出身名门望族，但是友谊又何必计较这一点，铁锅竭尽全力维护朋友瓦罐。瓦罐和铁锅平等相待，它们彼此谁也少不了谁，从早到晚形影不离，即使分放到火上也会感到寂寞。总之，上下炉灶都同步相守。

一天铁锅忽然想去周游世界，它请朋友与自己同行，瓦罐怎么也离不开铁锅，便与它同坐上一辆大车出发了。朋友俩在大路上颠簸，在大车上彼此撞来撞去。经过土冈、沟坎、坑洼的地方，铁锅不在乎；瓦罐生性脆弱，每一次碰撞都有重大的损伤，但是它并不想因此退缩。泥做的瓦罐高兴的只是它与铁制的锅结成了好朋友。

我不知道它们漫游了多远，但我确切地了解到，铁锅完好无恙地回到了家中，而瓦罐只剩下了一堆碎片。

这则寓言的思想很简单：交友择侣要条件相当、志趣相投。

野山羊

冬天牧人在山洞里找到一群野山羊，他高兴得热泪盈眶，拼命感谢上天。

“好极了，”他说，“任何宝物我都不要了，现在我的羊将增加一倍，我就是少吃少睡，也要把可爱的野山羊驯养好。我将成为整个林地的阔老爷，要知道羊群对牧人的意义，犹如领地对地主的意义。牧人从羊群身上得到羊毛、黄油和奶酪，有时还剥它们的皮。而他只要给它们喂一点饲料就行，并且过冬的饲料我早已储备好了！”

他把饲料从家养的羊群处拖到新找到的野山羊那儿，对它们关怀备至，抚爱有加，一天之中去看它们上百次，千方百计笼络它们。

他减少了给家羊的饲料，现在暂时顾不上它们了，再说它们也比较容易应付，扔给它们一束干草就行了。要是它们纠缠，他就把它们推开，免得它们在眼前钻来钻去。

只不过到头来是场灾难：春天来临时，野山羊全跑到了山里，离开了山崖的生活让它们觉得难受；而家养的羊则变衰弱了，几乎都死掉了。我们的牧人只好背了口袋去乞讨，虽然冬天时他曾美滋滋地盘算着发财。

牧人！现在我要对你说：与其在野山羊身上白白浪费饲料，不如好好爱惜家养的山羊。

农民和绵羊

农民把绵羊告上了法庭，控告这可怜虫犯了刑事罪。狐狸法官立即开庭审理，先问原告，又问了被告：究竟是怎么回事？证据何在？要它们依次叙述，不得喧哗。

农民说："某月某日早晨，我发现少了两只鸡，只剩下它们的骨头和羽毛，而院子里只有绵羊在现场。"

羊则说，它整夜都在睡觉。它把所有的邻居都叫来做证，它们从未听说它有偷盗和欺诈行为，此外，它根本不吃肉食。

下面是狐狸原原本本的判决："羊申诉的理由完全不予接受，因为所有的骗子都善于毁灭罪证。调查表明，案发那天夜里羊没有离开过鸡，而鸡是很好吃的，且机会也很合适，因此我可以凭良心判断，羊无法忍受不吃鸡肉，所以判处羊死刑。羊肉应交给法庭，原告则应得羊皮。"

悭吝人

灶神看守着一笔埋在地下的丰富宝藏。突然他接到指令，要飞到非常遥远的地方去任职多年。职责就是这样，不管高兴与否，必须要执行。最让灶神感到困扰的是：没有他怎么守护宝藏？谁来继续守护它？雇一个看守人，建一座仓库，那需要一笔庞大的开支；就这么弃之不管，宝藏又可能会丢失，无论哪一个昼夜都不能担保宝藏不会被挖出偷走，人们对钱财的嗅觉是很灵敏的。

灶神辗转思考，忽然想到，他的主人是个守财奴，于是带了宝藏去找悭吝人，对他说："亲爱的主人，我要离家去异国，我对你一直非常满意，为表示好感和临别纪念，请别拒绝我的宝藏！别怕花费，尽情吃喝玩乐吧！我只有一个条件，当死神降临时，你唯一的继承人是我。不过，还是祝你健康长寿！"

灶神说完就上路了。过了十年，又过了二十年，灶神履职完飞回了家乡。

他看见了什么？嗬，令人欣喜不已！悭吝人手握钥匙饿死在箱子上，所有的金币原封未动。灶神立即把宝藏收归已有，并由衷地感到高兴：看守它的主人没花分文。

悭吝人不吃不喝守着金银财宝，莫不是为灶神收藏金钱？

狼和小老鼠

狼从羊群中抢走了一只羊，拖往树林深处僻静的角落，当然，它不是请羊去做客：贪嘴的狼剥了可怜的羊的皮，就这么狼吞虎咽地吃起来，把骨头咬得咯咯响。但无论它多么贪婪，都无法把羊全吃完，于是它留下一些做晚餐，接着就在旁边躺下休息，因为油腻的午餐而不断打嗝。

羊肉的香味吸引了附近的老鼠。它沿着苔藓和小草丘之间的路，偷偷爬到有羊肉的地方，叼起一块肉就赶快离开，匆匆逃回自己的家——树洞里去了。

狼看到这一盗窃行径，在树林里大声吼叫："来人哪！快来人哪！有强盗！抓住贼！我破产了！它抢光了我的财产！"

我在城里看到过这样的奇事，小偷偷了克利梅奇法官的表，法官就喊叫起来："来贼了啊！"

小猫和椋鸟

一间屋子里住着椋鸟，它虽是个蹩脚的歌手，却是有声望的哲学家。它与小猫结下了友谊。小猫体形肥壮而硕大，安静温顺且彬彬有礼。

一天不知怎的，主人没给小猫喂食，可怜虫饿得饥肠辘辘，为此苦恼不已，一边温顺地摇着尾巴，一边哀怨地喵呜叫着，沉思着，在屋里转悠着。而哲学家教导小猫说："朋友，你真的很单纯，心甘情愿地忍受饥饿。在你鼻子上方的笼子里就有一只红额金翅雀，你是只老老实实的猫。"

"但是，良心上……"

"你太不了解世事了！请相信我，这真是呓语，是心灵脆弱者的成见。对于大智大慧者来说，这只是无聊的戏语！在世界上谁强大有力，谁就可以为所欲为。我这就给你引证和举例。"

椋鸟立即就旁征博引，把自己的哲学全盘托出，饿猫喜欢上了这套哲学，拖出金翅雀吃了下去。这么点食物不能充饥，反而引起了它的食欲。这节课它大有收获，便对椋鸟说："谢谢你，好朋友，你开导了我。"

接着它就拆毁了鸟笼，把自己的导师也吃了。

狗与马

狗与马同在农民家里当差,不知为什么狗跟马计较起来了。

"喂,高大的女士,"狗说,"依我看,最好把你赶出家门。拉车耕地有什么了不起的!没听说你有什么别的才能。你能跟我相比吗?无论白天黑夜我都不得休息,白天要看守牧场上的羊群,夜晚要看守家里的一切。"

"当然,"马回答说,"你的话符合事实,但是假如我不耕地,在这里就没什么需要你看守的了。"

鱼　舞

对法官、有权势的人和财主的控告令狮子忍无可忍，它便亲自出去察看自己的领地。

它一路走去。有个农夫生好火，准备把刚钓上来的鱼好好煎烤一番。可怜的鱼儿们一受热就蹦跳起来，它们为末日来临而拼命挣扎。

“你是什么人？你在干什么？”狮子对农夫张大口，生气地问。“雄威的大王！”农夫慌忙回答，“我是管理水族的首领，而这些是村长、保长、水民，我们在这里集合，是为了欢庆您的驾临。”

“它们生活得怎么样？这个地区是否富裕？”

“大王！这里不是它们栖居的地方，这里简直是天堂，我们祝愿您万寿无疆！”（而这时鱼儿在煎锅上挣扎。）

“你告诉我，”狮子问，“为什么它们头尾动个不停？”

“啊，英明的大王，”农夫回答，“它们见到您高兴得跳起舞来。”

这时狮子体恤地舔了一下农夫的胸膛，再次向鱼投去一瞥，便又继续赶路了。

杂色羊

狮子不喜欢杂色羊，直接消灭它们，对它而言轻而易举，但这样做有失公允。它能戴上森林之王的桂冠，也并非靠迫害臣民。但是看见杂色羊又无法忍受！怎么摆脱它们又能保住名誉呢？

于是它召集熊和狐狸来商量，并向它们公开了自己的秘密：一看见杂色羊，它的双眼就整天疼痛，总有一天会完全失明，该怎样消灾呢？

“威力无边的狮王！”熊紧皱起双眉说道，“这还用得着费多少口舌？不用准备就可以把它们弄死。谁会怜悯它们？”

狐狸看到狮子皱起眉头，便恭顺地说：“啊，大王！我们慈悲为怀的大王！想必您不许赶走这些可怜虫，您也不想平白无故造成流血，我斗胆向您提出另一个建议，请下令给它们划出一块草地，那里要有丰富的饲料供母羊吃，也要有场地使小羊能蹦能跑。因为在那里我们的牧人不够，那么就命令狼去放牧羊群。不知怎的我觉得，这一族类将会自然而然灭种，不过就让它们去自得其乐吧，不论发生什么事，您都别管。”

狐狸的意见占了上风，一切进行得非常顺利，最后不仅仅是杂色羊，连单色羊也所剩无几。

百兽对此有什么议论？“狮子倒是好的，狼全是坏蛋！”

狮子、羚羊和狐狸

狮子在森林里追赶羚羊，几乎已经要逮到它了，它用贪婪的目光紧盯着羚羊，眼瞧着将能美美地饱餐一顿，羚羊无论如何也没救了。忽然峡谷阻隔了它们奔跑的去路，但是轻盈的羚羊鼓足劲，纵身一跃，如离弦之箭飞到了对面的岩石上。

狮子却停住了。这时它的朋友出现在近旁，这个朋友就是狐狸。

“怎么？”它说，“你灵活有力，难道就对孱弱的羚羊让步了？只要你愿意，就能创造奇迹。虽然峡谷很宽，但你若想跳，那么一定能跃过去。请你相信我的良心和友谊，我若不了解你的强壮和灵巧，也不会让你去冒生命危险呀！”

这时狮子热血沸腾，蠢蠢欲动。它撒开四条腿向前冲去，但未能跃过峡谷：它拼命蹿出去，摔死了。

而它的好朋友在干什么呢？它悄悄地下到峡谷，看到再也不必向狮子阿谀奉承和卖力效劳，就自由自在地为朋友料理丧宴了，一个月里啃光了它的朋友。

狗　鱼

狗鱼被告上了法庭，因为它搅得池塘里的动物无法生活。提供的证据有整整一车，因此必须把罪犯装进大木盆，抬到法庭受审。

法官就在近处，在附近的草场上放牧。在档案中留下了它们的名字，那就是两头驴、两匹老马，还有两三只公羊。为了对审判进行应有的监督，狐狸被派来当检察官。

民间传说狗鱼送鱼给狐狸吃，虽然这样，法官们也没讲情面。无须掩盖狗鱼的罪行，痛痛快快写下判决：罪犯被判处可耻的死刑。为了杀一儆百，要把它吊死在树枝上。

"法官，"狐狸这时干预了，"吊死罪犯的刑罚判轻了，我给它定的刑这里从未见过，为了今后使骗子们胆战心惊，应该把它淹死在河里。"

"好极了！"法官们大声喊道。大家一致同意，就把狗鱼抛进了河里！

宝 刀

有着锋利刀刃的宝刀与一堆废弃的铁器一起被运到市场上，极便宜地卖给了农夫。

农夫没有什么大见识，立刻发现了宝刀的实际用处。他给宝刀安装上刀柄，用它在林中剥树皮做鞋；而在家里的用处很简单：劈柴、劈篱笆条、截短树枝，或把用作栅栏杆的木头削平。就这样，过了还不到一年，宝刀就伤痕累累、锈迹斑斑，孩子们还拿它当马骑。

一只刺猬躺在木板下，宝刀就被丢弃在那里。有一天刺猬对宝刀说："告诉我，你的一生像什么？人家说你战功赫赫，现在却劈柴、砍木桩、当孩子们的玩具，难道你不感到害臊吗？"

"我被握在战士手中时，曾经令敌人闻风丧胆，"宝刀回答说，"在这里我的禀赋白废了。我在屋里只干些低贱的活，难道这是我自愿的吗？不，该害臊的不是我，而是不懂我适于干什么的人。"

大炮和风帆

船上的大炮对风帆产生了严重的敌意。

大炮从船舷伸出炮筒在上天面前抱怨说:“什么时候见过毫无价值的麻布片儿竟敢与我们相提并论?整个艰难的航程它们都做了些什么?只是在刮起风的时候,它们高昂地鼓起胸膛,仿佛身居要职的高官似的,趾高气扬地在大洋上游弋,一味妄自尊大、自以为是,我们却在战斗中轰鸣!我们的船舰不正是靠我们才在海上称雄的吗?!不正是我们才到处给敌人带去恐惧和死亡的吗?!不,我们再也不愿跟风帆共处,没有它们我们自己也能对付一切。强劲的北风,快来帮助我们,尽快把它们撕成碎片!”

北风听到了,果然疾驰而来,吹了一口气,天空中乌云密布,海上立即一片昏暗,海浪如山峦般此起彼伏,雷声震耳欲聋,闪电刺人眼睛。北风怒吼,撕碎了风帆,风帆不复存在,风暴也平息了。

结果呢?船没了风帆,成了风浪的玩具,它像一段木头在海上漂泊。第一次遭遇敌人时,敌人便用舷炮向它猛烈地轰击,船舰一动不动,很快成了筛子,连同大炮像块石头一样沉没了。

强国之所以强大，是因为内部各部分都安排得极为合理。武器只是用来威慑打击敌人，而风帆是它管理内政的机关。

米 隆

城里住着一个名叫米隆的富翁，我在这里写下名字并非为凑字数，不，记住这种人的名字没坏处。四方邻居对富翁议论纷纷，他们说的未必不是实情，似乎他的钱盒里有百万卢布，可他从不给穷人分文。

谁不想赢得好名声？为了改变人们对自己的看法，米隆向人们放口风说，今后每个星期六他都要周济乞丐。确实，无论谁来到他家，大门自始至终是敞开的。

“啊，”人们想，“这个可怜虫要破产了！”

别担心，守财奴自有办法：星期六他就解链放出恶狗。乞丐不要说吃喝，能安然无恙逃出院子就算是幸运了！而与此同时，米隆成了圣人。大家都说：“不能怪米隆，遗憾的只是他养的狗太凶，使人难以见到他本人，不然他是乐意把最后一口饭也分给别人的。”

我常常看见，进豪门富宅很不容易，全只是因为那些狗，与米隆们本人不相干。

蛇

蛇请求宙斯给它一副夜莺的嗓子。

“我的生活令我厌恶,”它说,“无论我到哪里,弱者对我总是避之不及;而要是遇到比我强的,我能活着逃走就算谢天谢地了。这样的生活我再也不能忍受,假如我能在林中像夜莺一样歌唱,一定会引起大家的惊奇,从而博得大家的爱,也许还有尊敬,这样我就能成为友好的伙伴了。”

宙斯满足了蛇的请求,它那可憎的咝咝声消失殆尽。

蛇爬上树,住了下来,像夜莺一样唱起了美妙的歌曲。群鸟从四面八方飞到它这儿,但是看到歌手后又纷纷离去,谁喜欢这样的见面?

“难道你们不喜欢我的歌声?”蛇既懊恼又沮丧地问道。

“不是的,”椋鸟回答说,“你的歌声清澈、美妙,你唱得当然不比夜莺差。但是坦白地说,看到你吐出的信子,我们就不禁胆战心惊,我们害怕同你在一起。因此,告诉你,你别烦恼,我们乐意听你的美妙歌声,只是你要离我们远些歌唱。”

狮　子

狮子年老体衰，便厌恶起硬褥子来：躺在上面骨头都痛，而且也感觉不到暖和。于是它召来了大臣——毛皮厚实的熊和狼。

“朋友们，我老了，我的褥子太硬实了，能否既不压榨穷人，也不使富人多受累，为我征集一些毛，免得我睡在光石板上？”

“圣明的狮王！”大臣答道，“为了您谁都不惜奉献，不仅仅是毛，连皮都愿意。我们多毛的野兽还少吗？鹿、羚羊、扁角鹿、山羊，它们几乎不纳贡，也不交租。应该尽快向它们征集毛，它们不会因此而受损失，相反，它们还会变得轻松。”

聪明的提议立即被执行了，但狮子没有称赞朋友们卖力。它们的卖力表现在哪里？

表现在抓住可怜的家伙，并把它们的毛剃个精光。狮子的这两个朋友自己的毛比那些家伙多两倍，却不肯牺牲一根毫毛；相反，它们中近水楼台者从纳贡中大捞好处——为自己储备了过冬的褥垫。

三个农夫

三个农夫进村子过夜。他们在彼得堡赶过车、打过工，也玩乐过，现在要赶路回老家。

农夫们不喜欢空着肚子睡觉，所以他们给自己要了晚饭。村里又能有什么美味佳肴？只有一盆青菜汤、一点面包和一些稀饭。这不是彼得堡，不能有什么奢望了，总比饿着肚子睡觉要好些。他们埋头吃起来。

这时他们当中最机灵的农夫看到食物不够三个人吃，便谋划怎么来解决这件事。（不能强夺，只能巧取。）

“伙计们，”他说，“你们认识福马吧，这次征兵他额前的头发要剃光了。”

“征什么兵？”

“是这样的，听说是与外国打仗。”

其余两人就开始议论起这件事来。（不幸的是，他们都识字有文化，读过报纸，有时还读战报。）战事怎样，应该让谁来指挥，关于这些，两个伙伴热烈地聊了起来。有猜测，有判断，有争论。而我们的机灵鬼要的就是这个：在他们高谈阔论军队之时，他一声不吭地把汤和稀饭吃了个精光。

有的人津津乐道于与己根本无关的事：印度发生了什么事，什么时候，什么原因，他了解得一清二楚。可是一瞧自己的村子，不知怎么的被烧光了。

狐　狸

冬天的清晨非常寒冷。在村子附近，狐狸从冰窟窿里喝水，不知是疏忽还是运气不好（关键不在这里），它的尾巴梢沾湿了，冻结在冰上。

这不算什么大灾难，很容易就可以获救：只要用劲挣扎一下，虽然会掉几十根毛，但能赶在来人前逃回家。

可是怎么能弄坏尾巴呢？它又蓬松，又浓密，还是金黄色的！

不，最好还是等一等——人们不是还在睡觉吗？而且也许天气会变暖，尾巴就能从冰里融化出来。

于是它等啊等，可是尾巴冻得更牢了。它看到，天已经亮了，人们起来活动，可以听到人声了。这时可怜的狐狸左右挣扎，但无法挣脱。

幸好，这时狼跑过来了。

"亲爱的朋友！朋友！"狐狸喊着，"请救救我！我完全是末日降临了！"

狼停了下来，着手拯救狐狸。它的办法非常简单，干脆咬断了狐狸尾巴。

我们的傻瓜就拖着半截尾巴回家去了，却为保全了身上的皮而高兴。

这则寓言的含意不难理解：狐狸若舍得一撮毛，就能留住整条尾巴。

狮子和老鼠

老鼠恭顺地向狮子请求，准许它在附近的树洞里安家，它补充说："虽然在林中你强壮有力又赫赫有名，谁也不能与你比力量，你一声吼就使大家惧怕不已，但是谁又能猜到将来的事？谁知道究竟会是谁需要谁呢？无论我让人觉得多么弱小，也许，有时候你就需要我呢。"

"你这小东西！"狮子吼道，"凭这些放肆的话就该处死你。趁你还活着，滚吧，快滚！不然我就让你不得好死。"

可怜的老鼠吓得魂飞魄散，撒腿就跑，一下子就没了踪影。

但狮子的高傲也使自己受到惩罚：它去寻找猎物时掉进了捕兽网。这时它的力气无济于事，它的怒吼、呻吟也于事无补。不论它怎么挣扎和折腾，终究还是成了猎人的猎物，被关进笼子运走，让人观看。

这时它才为时已晚地想起，老鼠当时倒是能够帮助它的，它的牙齿可以咬破网子，是自大傲慢害了它自己。

读者，因为我爱真理，所以再补充说几句话，这也不是我的话——民间说的并非没道理：别往井里吐痰，哪天你口渴了要喝水，它就有用了。

布谷鸟和公鸡

“公鸡，你唱得多响亮多出色。”

“布谷鸟，我亲爱的，你的拖音唱得多平稳，多悠长，我们林中找不出这样的歌手！”

“朋友，我准备永远听你唱。”

“美人儿，我可以向天发誓，只要你一闭口，我就焦急地等你重新开始唱……哪来这么优美的歌喉？音又纯又高亢又悦耳。你生来一副娇小身材，可唱歌就跟夜莺一样！”

“谢谢，朋友，平心而论，你的歌唱得比天堂鸟还好，我这是引用大伙儿说的话。”

麻雀碰巧在场听到它们的对话，便对它们说：“你们虽然拼命互相吹捧，但你们唱得都不算好！……”

布谷鸟为什么不倦地吹捧公鸡？因为公鸡吹捧它。

孔雀和夜莺

一个人对物理甚为无知，可是对音乐却颇为精通，听到夜莺在枝头歌唱，便想在笼子里养一只。于是他来到城里，说："虽然我并不知道，也从未见过那种鸟，但我欣赏它的歌声，我想有一只这种鸟，在这里的鸟市当然一定能找到许多这样的鸟。"

怀着看外表选鸟的想法，带着鼓鼓的钱袋、空空的脑袋，我们的老爷来到了鸟市。他看了孔雀，也看了夜莺，便指着孔雀对鸟商说："我不会搞错，这就是我希望得到的出色歌手，它这么华丽，唱歌不会差。朋友，告诉我，这只鸟多少钱？"

鸟商回答他说："这只鸟歌唱得并不好，如果你需要优秀的歌手，请买孔雀旁边的那只夜莺。"

无知的老爷大为惊讶，他生怕被鸟商欺骗，因为他把美妙的夜莺视作不中用的鸟，心想："这鸟身子小、羽毛少，不可能是出色的歌手。"

他买了孔雀，很是高兴，想象着享受它的歌声。他飞快地赶回了家，把"客人"安置在栅栏屋。"客人"为报答主人的挑选，像猫似的连叫了十声。喵呜喵呜的难听叫声使无知的老爷幡然醒悟：根据羽毛选歌手有多愚蠢！

我们也常像这老爷一样，片面地辨别智力的高低：谁没有富丽的衣着，谁没有华丽的头发，谁没有戴满戒指和手表，谁箱子里没有装满金子，就把谁看作傻瓜。

狮子和人

有力量固然好，有智慧加倍好，谁若不信这一点，那么这里有个鲜明的例子可以说明：没有智慧的力量是害人之物。

猎人在树间张开捕兽网，就等待着猎物投入罗网。他不知怎么的一时疏忽，自己反落入了狮子爪中。

“去死吧，可鄙的东西！”狂暴的狮子对他张开血盆大口，吼叫着，“我们来看看，你的权力、力量和坚定在什么地方！你虚荣心十足，凭什么吹嘘自己就是万物之王，甚至狮子也得向你俯首称臣？现在你在我的爪子下，我们倒要来弄弄清楚，这样的高傲与你的强壮究竟是否相配！”

“我们优于你们的不是力量而是智慧，”猎人回答狮子说，“我可以斗胆夸口说，我凭智慧克服的障碍，你就是有力量也要退让。”

“我懒得听你吹嘘的童话。”

“我不用童话而用行动证明。顺便说一句，如果我在说谎，过后你还是能吃掉我的。现在瞧，在这些树之间我花力气拉起了一张网，我们谁能更快地钻过它？如果你同意，我就先钻，到时我们看，轮到你时，你是怎么凭力气蹿过去的。你看，这网不是石墙，有一点微风它就会晃动，但是光凭力气你未必能在我后面一下子钻过去。”

狮子不屑地察看着网说：“你先钻吧，我走直路，一下子就能到你那儿去。”

这时猎人不说多余的话，从网下钻过，等着接收狮子。

狮子随即如离弦之箭奔过去，但是它没有学过往网下钻的本事，直朝网冲去。它没有撞破网，却被网死死缠住脱身不得。（猎人立即结束了争论。）

智慧战胜了力量，可怜的狮子命归黄泉。

矢车菊

在一处僻静的角落里盛开的矢车菊，突然开始萎蔫，几乎要枯萎。花朵无精打采低垂在花茎上，灰心丧气地等待着末日的来临。这时它向微风喃喃低声抱怨："啊，假如白天能快点到来，红红的太阳照耀这里的大地，也许，它能使我起死回生。"

"我的朋友，你多么单纯！"在近处磨蹭的金龟子对它说，"难道太阳就只关心你的生长？你枯萎了还是开着花，请相信，它既没有时间，也不想来留意这点。你要是像我这样能飞来飞去，你就能了解世界，就会看见这里的草地、田野和庄稼，它们靠太阳生，因太阳而幸福。太阳以自己的光和热温暖着高大的橡树以及雪松，它把惊人的美艳给芬芳的花朵——让它们穿上五彩霓裳。只是那些花朵与你迥然不同，它们个个珍贵无价、美丽无比，时间老人也舍不得让它们死去；而你既不娇艳，也没有芳香，因此你别再去纠缠打扰太阳！请相信，它不会投光线给你，你别再抱有渺茫的幻想，默默地待着，悄悄地枯萎吧！"

但是太阳升起，普照大自然，阳光洒遍了百花女神的王国。上天眷顾的一线目光复活了夜间萎蔫了的可怜的矢车菊。

啊，命运造化赋予高贵的您！请以我的太阳做自己的榜样！瞧，只要它的光芒能够照到，就一视同仁惠顾雪松和小草，在自己身后留下欢乐和幸福。犹如东方水晶般的纯洁的光辉，便会永远照耀在万物的心间，万物也都永远对它感激称颂。

分红利

几个受人尊敬的商人共用房子和账房。他们经商赚了一大笔钱，生意结束便分起红利来。但是这世上什么时候分利不会发生争吵？为了钱物他们吵得不可开交。突然有人喊，他们的房子起火了。

“快，快去救货物和房子！”他们中一人大声叫着，“去吧，我们以后再算账！”

“只是先得补我一千卢布，”另一个吵闹着说，“否则我决不会走开半步！”

“还没有补给我两千卢布，瞧，这里账上已经写清楚了。”还有一人嚷道。“不，不，我不同意！怎能这样，为了什么，为什么！”

他们激烈争吵，大声叫喊着，竟忘了房子里大火燃烧着，并把他们吞没在浓烟雾中，商人及所有财物全被烧尽了。

在一些十分重要的事件中，大家遭遇不幸往往是因为没有齐心应对共同的不幸，各自只想着争得自己的那份利益。

菜农和空谈家

春天，菜农在田畦上翻挖，仿佛想要挖出宝藏似的。菜农是个勤劳的好把式，看起来身强体壮、精力充沛，光种黄瓜一个人就挖了五十畦。

相邻的院子里住着一个园艺爱好者，这是个夸夸其谈的半瓶子醋，这个空谈家自称是大自然的朋友，但他只会用书本上的话研究种菜。有一天他忽然突发奇想，要亲自侍弄菜园，也想种黄瓜。然而他却嘲笑邻居：

"邻居，无论你多卖力，我干起来将远远超过你。你的菜园子与我的相比，将会显得像是一片荒地。说真的，我感到很奇怪，你的菜园子种得不怎么样，你怎么还没有败落破产？你大概没有学过任何科学知识。"

"没时间学，"邻居回答，"勤劳、熟巧、双手，这就是我的全部知识。此外，上天给了我粮食。"

"真无知！你竟敢反对科学知识！"

"不，老爷，别曲解我的话，如果你有什么好的主意，我随时准备学习和效仿。"

"只要等到夏天，你就会看到……"

"但是，老爷，现在该是种东西的时候了，我已经播了种，栽了苗，可是你还没有翻一畦地。”

“是的，我没有翻，没有工夫。我一直在读书，要弄清楚，用铁锹、木犁或铁犁翻地，哪一种更好。但还没有错过播种的时间。”

“不知您怎么样，我们的时间可不太多。”菜农说完就拿起铁锹，立即与他告别了。

空谈家则回家去，读书、做笔记、查找资料，又是埋头翻书，又是埋头翻地，从早到晚忙个不歇。刚干好了一件活，菜畦上才长出一点苗，他就在杂志上看到了新技术，一切就按新方法、新样式，重新翻土，重新栽种。

结果是什么呢？菜农种的黄瓜长大了，成熟了，他赚了钱，一切顺利；而空谈家——没有收到一根黄瓜。

农夫和强盗

农夫为购置家业，在市场上买下了一头奶牛和一只挤奶桶。他沿着林间的小路，穿过茂密的树林，慢慢地走回家去。

突然碰上了强盗，竟把他抢劫一空。

“哪能这样，”农夫哭了，“我完了，你把我毁了。我积攒了整一年才买了这头牛，好不容易才盼到这一天。”

“好啦，你别对我哭了，”强盗心软了，便对他说，“真的，反正我不挤奶，这样吧，我把奶桶还给你。”

狮子捕猎

有一次，狗、狮子、狼和狐狸不知怎么的毗邻而居了。它们之间做出了约定，为了同心协力地捕猎，不论谁捕捉到了什么猎物，一律要拿来平均分配。

不知狐狸怎么捕捉的，只知道它先捕获了一头鹿，它就派手下通知同伴们，让它们来分享猎物。说真的，猎物还挺不错。

大家来了。狮子到了后，激动得揉搓着爪子，双目环顾着周围的伙伴，心里盘算着如何分配。它说："弟兄们，我们是四个。"

于是它把鹿撕成了四份。

"现在来分吧，朋友们。这第一份根据协议是我的；作为狮子，这第二份也属于我；还有这第三份也归我名下，因为我比大家都强悍有力；最后这一份，你们中间谁要是敢向它伸出爪子，今天就别想活着回去。"

马和骑手

有一个骑手严格训练自己的马，很有成效，因此可以随心所欲地使唤它。他几乎不用抖动缰绳，马儿就乖乖地听从他的口令。这种马不必套上笼头。主人有时候对别人说："真的，哪需要笼头！我这想法挺好。"他策马来到田野，给马摘下了马笼头。

马感到了自由，开始只是稍稍加快步子，后来昂起头，抖动鬃毛，走起了轻快的步子，仿佛要让主人快乐。但是，当发现主人对它控制得不严时，它立即自由放纵起来，血液沸腾，目光炽烈，它再也不听骑手口令，载着他奔过广阔田野。

不幸的骑手双手颤栗，企图给烈马套上笼头，但是枉然，最终马把他摔了下来，自己狂风般奔腾起来，不辨方向，不择道路，一直狂奔到峡谷摔死了。

这时骑手既痛苦又悔恨："我可怜的骏马，你的不幸是我的罪过，若不摘下你的笼头，我一定能够驾驭好你的，你就不会把我摔下来，也不会这么可怜地死去！"

不论自由多么诱人，如果没有辅以合理的措施，对人民来说它的危害并不小。

小家鼠和大家鼠

“邻居，你听到好消息了吗？”小家鼠跑进来对大家鼠说道，“据说猫落入狮子的爪子里了，这下该是我们跑来跑去玩耍的时候了！”

“别高兴，我的朋友，”大老鼠回答小家鼠，“也别空抱什么希望！如果猫儿们动用爪子，那么狮子肯定活不了，没有比猫更厉害的动物了！”

我看到过好多次这种情况，你们自己也请留意这一点：胆小鬼害怕谁，就会以为，全世界都跟他一样害怕谁。

金翅雀与鸽子

捕鸟器啪的一声逮住了金翅雀，可怜的鸟儿在里面直扑腾，小鸽子却在一旁嘲笑它。

“不难为情吗？”它说，“大白天竟落入捕鸟器，它们这样可骗不了我：对此我可以大胆保证。”

可是，瞧，话音刚落，它自己也绊在套索里了。

活该！小鸽子，别光嘲笑别人的不幸。

石头和蚯蚓

“这雨多么吵，多么无礼呀！”石头躺在庄稼地里数落着雨水，“也许，大家都因它而欣喜，大家都期待它，犹如对贵宾似的。它究竟做了什么好事呢？总共就下了两三个小时，人们该打听打听我才是！我在这里已有几个世纪，始终安宁平静、谦恭持重，不论把我扔到什么地方，我都乖乖地躺在那里，然而没听到谁对我说声谢谢。难怪人家要痛骂这世道，我也看不到公道。”

“请别这么说！”蚯蚓对它说，“今天这场雨时间虽短，却使干旱而丧失生机的庄稼地饱饱地喝足了水，重新唤起了农民的希望。而你在这里只是个无用的累赘。”

有的人总夸口说，他已服务了四十年，但是像这块石头一样，他并没有带来什么好处。

大象得宠

大象得到了狮子的宠信，霎时树林里众说纷纭，照例开始了种种猜测：大象凭什么博得宠信？它既不漂亮也不逗乐，真有手段，真够机灵！众兽私下里议论纷纷。

“它若有毛茸茸的尾巴，”狐狸转动着尾巴说道，“我就不会感到奇怪。”

“或者，小妹，”熊说，“哪怕是因为有利爪，谁也不会觉得意外了。可是它显然没有利爪。”

“是否因那长牙得宠？”犍牛插话说，“是否因为把长牙当成犄角了？”

“你们大家都不知道，”驴子扇着长耳朵说道，“它靠什么得到机会？假如没有那一对长耳，它就未必会得到宠信。”

我们常常喜欢通过赞扬别人来夸耀自己，虽然我们没有注意这一点。

梳　子

妈妈给孩子买了把梳子。孩子对新梳子爱不释手，无论是玩耍还是背功课，他总用梳子梳理自己的波浪状的金色鬈发——它们如羊毛般一绺一绺，如亚麻般又细又柔。孩子一边赏玩着，一边说："多么好的梳子呀！不仅不揪扯头发，而且还不钩头发，梳起来平滑顺畅。"在男孩的心目中，梳子是无价之宝。

可是有一天这梳子遗失了，当时男孩玩得入迷，忘乎所以，头发像草垛般蓬乱，保姆要给他梳梳头，他就不断大叫大嚷："我的梳子在哪里？"

终于找到了这梳子，只不过它前后都梳不动，只是揪头发，痛得男孩直掉泪。

"坏梳子，你真可恶！"

而梳子说："我的朋友，我还是我，不过是你的头发变得蓬乱了。"

可是男孩又气又恼，把梳子扔到了河里。现在水泉女神就用它梳妆。

我这一辈子看到过很多这样对待真理的事。如果我们良心纯洁，就会觉得真理可爱，乐意听从并接受它。如果心灵扭曲不正，那么就听不到真理，像那调皮孩子一样，头发乱了也不梳头。

败家子和燕子

一个年轻人得到丰厚的遗产，他开始大手大脚，花天酒地。骄奢淫逸中把一切挥霍殆尽，最后身上只剩下了一件皮袄，那也只是因为正是冬天，而他又非常害怕严寒。有一天，他看见有一只燕子，于是就把皮袄也换了酒喝。

因为大家都知道，燕子飞来，预示着春天即将来临，所以他想，不再需要皮袄，严寒已被赶到荒凉的北方，大自然将是春光明媚的好天气，何必还要把皮袄裹在身上。

年轻人的推测本是明智的，只是他忘了一句民间谚语：一只燕子不成春。

果然严寒不知从哪里又回来了，大车吱吱嘎嘎滚过松软的雪地，烟囱里冒出一股股烟柱，窗玻璃上布满朵朵霜花。

酷寒冻得年轻人直掉眼泪。他看见了那只燕子，温暖的春天的先驱，已经冻死在雪地上。他哆嗦着走近了它，勉强从牙缝中挤出话来。

“该死的！你毁了自己，而我相信了你，现在没有皮袄穿了，真糟糕。”

蛇和羊

蛇躺在一个木槽下面敌视并仇恨着整个世界，除此之外没别的感情，这是它与生俱来的本性。

小羊在附近蹦跳嬉戏，它根本没想到有蛇，蛇却爬出来咬了它一口。可怜的小羊眼前模糊，含毒的血热辣辣地在身体里奔流。

“我对你做了什么？”它对蛇说。

“谁知道？也许，你过来是想把我踩死，”毒蛇发出咝咝声说，“为小心起见，我就惩罚了你。”

“啊，不是这样的！”小羊回答，随即也就告别了生命。

有的人心肠就是这样的，他感觉不到友谊和爱情，只是怀着对一切的仇恨，把所有人都看做是自己的敌人。

松　鼠

松鼠在狮子那儿当差，我不知道它怎么干，干什么。要让狮子满意当然并非易事，但松鼠干活很合狮子的心意，为此狮子答应给它一车核桃。

虽然答应了，但是松鼠却常常忍饥挨饿，含着泪在狮子面前强颜欢笑。它看到林中这里那里的树上闪现出朋友们的身影，只能朝它们眨巴眨巴双眼，它们却只是一个劲地嗑咬核桃。松鼠离核桃树咫尺之遥，却可望而不可得，因为狮子一会儿叫它，一会儿催它干活。

终于松鼠老了，使狮子厌烦了。狮子便让它退职并送它一车核桃。核桃之好前所未见，全都经过挑选，颗颗都好，简直是奇迹！只有一点不好——松鼠早已没有了牙齿。

猫头鹰和毛驴

一只瞎眼的毛驴在树林里迷了路。(它本来要去远方旅行的)到夜里它走进了一片密林，前进也不是，后退也不是，就算眼睛看得见也摆脱不了困境。

幸好猫头鹰正巧在近旁，便给毛驴当起了向导。众所周知，猫头鹰在夜间目光锐利，悬崖、沟壑、山冈、小丘，这一切猫头鹰都能看清楚。

到清晨它们走上了平坦路，怎么能跟这样的向导分开呢？毛驴请求猫头鹰答应留下来，它要与猫头鹰一起周游世界。猫头鹰像绅士一般坐上驴背，它们开始了旅程。

旅途顺利吗？不。

早晨太阳刚刚在空中升起，猫头鹰的眼前就一片模糊，但是猫头鹰非常固执，它对毛驴瞎指挥一通。“当心！”它高声喊道，“往右就要踩进水洼了。”但是没有水洼，而往左更糟糕。

“再往左走一点，再往左走一点！”扑通一声，两者都掉进了峡谷里。

农民和狗

家道殷实的庄稼汉，持家节俭，精打细算。他雇用了一条狗看家、烤面包，除此之外，还让狗给菜园除草浇水。

读者会说："多么荒唐！这事简直荒谬至极，让狗看守院子还行，谁见过狗烤面包或浇菜园？"读者，如果我说"这样行"，我就完全是在说谎话，但这事关键不在这里，而在于狗承担了一切，为自己求得三份工钱。狗自己觉得好就行，没必要去管别人的事。

一天主人打算去赶集。他去了，玩了，回来了。推开家门一看——高兴不起来了，气恼不堪，大发雷霆。家里既没有烤好面包，也没有给菜园子浇水，而且小偷钻进了他的院子，把贮藏室偷了个精光。狗遭到劈头盖脑的痛骂，但它对一切都有辩解：它要去浇菜园就无法烤面包；它走个不停，在院子周围守卫，也就未能去浇菜园；而它没有看住小偷，是因为当时在准备烤面包。

经典译林

Yilin Classics

书名	单价	书名	单价
癌症楼	78.00 元	艾青诗集	35.00 元
爱的教育	39.00 元	爱丽丝漫游奇境	29.00 元
安娜·卡列尼娜	65.00 元	安徒生童话选集	42.00 元
傲慢与偏见	36.00 元	奥德赛	92.00 元
八十天环游地球	32.00 元	巴黎圣母院	42.00 元
白洋淀纪事	39.00 元	百万英镑	35.00 元
包法利夫人	38.00 元	悲惨世界（上、下）	98.00 元
背影	28.00 元	被侮辱与被损害的人	39.00 元
边城	36.00 元	变色龙：契诃夫中短篇小说集	39.00 元
变形记 城堡	38.00 元	草叶集：惠特曼诗选	39.00 元
茶馆	32.00 元	茶花女	35.00 元
查拉图斯特拉如是说	38.00 元	沉思录	29.00 元
城南旧事	29.00 元	大卫·科波菲尔（上、下）	79.00 元
当代英雄	45.00 元	稻草人	29.00 元
地心游记	32.00 元	飞鸟集·新月集：泰戈尔诗选	39.00 元
飞向太空港	39.00 元	福尔摩斯探案集	58.00 元
复活	42.00 元	傅雷家书	49.00 元
富兰克林自传	36.00 元	钢铁是怎样炼成的	39.00 元
高老头	39.00 元	格列佛游记	35.00 元
格林童话全集	49.00 元	给青年的十二封信	38.00 元

书名	单价	书名	单价
古希腊悲剧喜剧集（上、下）	118.00 元	海底两万里	38.00 元
红楼梦	55.00 元	红与黑	49.00 元
呼兰河传	35.00 元	呼啸山庄	39.00 元
基督山伯爵（上、下）	108.00 元	纪伯伦散文诗经典	42.00 元
寂静的春天	35.00 元	假如给我三天光明	32.00 元
简·爱	39.00 元	金银岛	35.00 元
经典常谈	29.00 元	荆棘鸟	45.00 元
静静的顿河	128.00 元	镜花缘	49.00 元
局外人·鼠疫	38.00 元	菊与刀	35.00 元
克雷洛夫寓言	32.00 元	宽容	32.00 元
昆虫记	39.00 元	老人与海	32.00 元
理想国	45.00 元	聊斋志异	55.00 元
列那狐的故事	39.00 元	猎人笔记	38.00 元
林肯传	39.00 元	鲁滨逊漂流记	39.00 元
鲁迅杂文选集	36.00 元	绿山墙的安妮	36.00 元
罗马神话	16.80 元	罗生门	39.00 元
骆驼祥子	32.00 元	美丽新世界	35.00 元
名人传	39.00 元	拿破仑传	49.00 元
呐喊	29.00 元	牛虻	38.00 元
欧·亨利短篇小说选	36.00 元	欧也妮·葛朗台	32.00 元
彷徨	32.00 元	培根随笔全集	38.00 元
飘（上、下）	88.00 元	普希金诗选	42.00 元
骑鹅旅行记	36.00 元	乞力马扎罗的雪	39.80 元
热爱生命·海狼	38.00 元	人间草木：汪曾祺散文精选	49.00 元

书名	单价	书名	单价
人类群星闪耀时	36.00 元	人性的弱点	39.00 元
日瓦戈医生	68.00 元	儒林外史	42.00 元
三个火枪手	59.00 元	三国演义	59.00 元
沙乡年鉴	42.00 元	莎士比亚喜剧悲剧集	49.00 元
少年维特的烦恼	28.00 元	神秘岛	48.00 元
神曲（共三册）	128.00 元	十日谈	68.00 元
世说新语（上、下）	89.00 元	双城记	45.00 元
水浒传	69.00 元	四世同堂（上、下）	78.00 元
苔丝	39.00 元	谈美	26.00 元
谈美书简	36.00 元	汤姆 · 索亚历险记	32.00 元
汤姆叔叔的小屋	45.00 元	唐诗三百首	39.00 元
堂吉诃德	78.00 元	天方夜谭	42.00 元
童年	38.00 元	童年 · 在人间 · 我的大学	49.00 元
瓦尔登湖	36.00 元	我是猫	39.00 元
乌合之众	35.00 元	物种起源	42.00 元
雾都孤儿	44.00 元	西顿野生动物故事集	38.00 元
西游记	48.00 元	希腊古典神话	49.00 元
乡土中国	36.00 元	小妇人	45.00 元
小王子	29.00 元	星星离我们有多远	35.00 元
羊脂球	38.00 元	一九八四	36.00 元
一间自己的房间	36.00 元	伊利亚特	82.00 元
伊索寓言全集	35.00 元	尤利西斯	58.00 元
约翰 · 克利斯朵夫（上、下）	98.00 元	月亮和六便士	45.00 元
战争与和平（上、下）	108.00 元	朝花夕拾	22.00 元

书名	单价	书名	单价
中国民间故事	39.00 元	子夜	49.00 元
最后一课	36.00 元	罪与罚	66.00 元